LES FANATIQUES

Max Gallo

Les Fanatiques

roman

Fayard

Roman = « mentir vrai ».

Toute concordance, tout rapprochement avec des noms, des circonstances, des propos, des lieux réels, seraient purement fortuits.

M. G.

« Quiconque se sert de son seul jugement pour traiter du Coran, même s'il atteint sur ce point la vérité, est cependant dans l'erreur par le fait d'en avoir traité par son seul jugement. »

AL-TABARI (839-923),
historien et exégète persan.

« Quiconque ose penser n'est pas né pour me croire.
Obéir en silence est votre seule gloire.
....
Adorez et frappez : vos mains seront armées
Par l'Ange de la mort et le Dieu des armées.
....
Obéissez, frappez, teint du sang d'un impie
Méritez par sa mort une éternelle vie. »

VOLTAIRE,
Le Fanatisme
ou Mahomet le Prophète, 1741.

« Il existe deux camps dans le monde, le parti d'Allah et le parti de Satan : le parti d'Allah qui se tient sous la bannière d'Allah et porte ses insignes ; et le parti de Satan qui comprend toutes les communautés, groupes, races et individus qui ne se tiennent pas sous la bannière d'Allah. »

SAYYID QUTB (1906-1966),
frère musulman égyptien.

PROLOGUE

Mon ami Julien Nori, professeur d'histoire romaine en Sorbonne, a été tué mardi 4 octobre au cœur de ce qu'il appelait le Cercle sacré de Paris – et donc, ajoutait-il parfois –, de la France. Il était douze heures trente.

Comme chaque jour, Nori venait de s'asseoir à la table la plus proche de la porte du restaurant *Les Vignes du Panthéon*, situé rue des Fossés-Saint-Jacques, à deux cents mètres seulement de la place où s'élève le monument qui porte sur son fronton l'inscription fameuse : « AUX GRANDS HOMMES, LA PATRIE RECONNAISSANTE ».

Mais personne n'a célébré le souvenir de Julien Nori. Et j'écris ces lignes comme une réparation qui lui est due.

Ce sommet de la montagne Sainte-Geneviève était, pour Nori, l'épicentre des passions françaises.

Un cercle sacré délimité par Notre-Dame et la Seine, les arènes de Lutèce, le mur d'enceinte de Philippe Auguste, la Sorbonne, l'église Saint-Étienne-du-Mont, la tour Clovis, le Panthéon et l'ancienne voie romaine devenue rue Saint-Jacques.

Les reliques de sainte Geneviève qui sauva Paris des hordes d'Attila reposent dans une châsse d'or placée dans l'église Saint-Étienne-du-Mont. Et Voltaire, Hugo, Jaurès, Zola, Jean Moulin, entre cent autres héros, sont entrés dans l'éternité républicaine sous la coupole du Panthéon.

Nori remarquait que c'est au pied de cette montagne inspirée, de ce site symbolique de l'histoire chrétienne et laïque de la France, que l'on a bâti au XXe siècle la Grande Mosquée et l'Institut du monde arabe.

Dans quel dessein ? Pour intégrer le monde musulman dans le Cercle sacré de l'Histoire et de l'Unité nationales ? Avait-on mesuré le risque que l'on prenait, si la greffe échouait, d'introduire dans l'âme de la nation un principe de dissolution, un élément qui lui demeurerait étranger ?

Selon Nori, c'était là une question capitale que personne n'osait évoquer. Et lui-même refusait d'y répondre.

Il arrivait au restaurant vers douze heures quinze, venant soit de la Sorbonne, soit de chez lui, rue Maître-Albert, ruelle proche de la place Maubert et des quais de la Seine.

Nori aimait que le nom de sa rue évoquât un dominicain qui avait compté parmi ses élèves le futur saint Thomas d'Aquin, et qui, à la fin du XIIe siècle, avait, à la demande du pape Alexandre IV, réfuté les « erreurs arabes », particulièrement celles d'Averroès qui, à Cordoue, avait commenté Aristote.

Les controverses entre religions apparaissaient indispensables à Nori. Elles valaient mieux que les guerres qui naissent du silence imposé par les orthodoxies et les censures.

Nori se voulait homme des Lumières, laïc, disciple de Voltaire. Il lui semblait d'autant plus nécessaire d'affirmer cette filiation que, constatait-il, le XXIe siècle s'annonçait déjà comme celui du retour des Inquisitions, des Bastilles et des bûchers.

Imaginait-il qu'il serait parmi les premières victimes du regain des fanatismes ?

Je crois qu'il l'avait pressenti.

Après lui avoir tiré une balle en plein cœur, le tueur l'avait égorgé et avait laissé sur le corps de Julien Nori un feuillet dont voici la traduction :

« Ô Dieu, conforte la situation de Ta Nation en honorant ceux qui T'obéissent et en avilissant ceux qui Te désobéissent.

« Conforte Ta Nation en ordonnant le Bien et en pourchassant le Mal.

« Aujourd'hui, en châtiant l'Infidèle, en égorgeant le Mal pour l'œuvre du Bien, je T'ai choisi, Dieu Tout-Puissant ! »

La police n'a cependant pas conclu à un crime islamiste. Aucune fatwa n'avait été lancée contre Julien Nori, aucun groupe intégriste ou terroriste n'avait revendiqué le meurtre. On ne pouvait donc comparer cet assassinat à celui de Théo Van Gogh, le cinéaste néerlandais égorgé à Amsterdam, coupable d'avoir réalisé un film jugé blasphématoire pour l'Islam.

En ces temps de tensions internationales, alors que les foules musulmanes s'embrasaient çà et là pour quelques caricatures dérisoires du Prophète, que certains espéraient en un « choc des civilisations » catastrophique pour l'humanité entière, il ne fallait pas « jeter de l'huile sur le feu ».

Cent fois on m'a répété cette formule ! On a exigé la discrétion, évoqué l'hypothèse d'un règlement de comptes crapuleux maquillé en meurtre politico-religieux. Nori, a-t-on révélé aux journalistes, vivait avec une jeune prostituée russe dont il avait refusé de payer le prix à ses protecteurs. Cela ne pardonnait pas.

Cette explication-là était rassurante. Journaux et télévisions s'y vautrèrent. Les confidences des filles en mini-jupes et cuissardes de cuir, filmées dans la lumière blafarde du boulevard périphérique, firent oublier le cadavre égorgé de Julien Nori.

J'étais partagé entre le dégoût et le doute. Puis Zuba Khadjar, l'assistante de Nori – elle avait été sa compagne et était restée son amie –, vint me confier un texte de Julien.

Nori avait souhaité qu'il me fût remis s'il ne pouvait lui-même en assurer la publication. « La mort saisit le vif par surprise », aimait-il à répéter.

Il me chargeait de faire connaître ce manuscrit.

Je l'ai lu. J'ai hésité à le soumettre à un éditeur.

Fallait-il prendre le risque, fût-il minime, d'ajouter un nouveau foyer de tensions avec des fanatiques qui ne toléraient pas qu'on les mît en cause ?

Or c'était bien ce que, par ces pages, faisait Julien Nori.

À quoi bon faire parler son cadavre ? Sa mort ne suffisait-elle pas ?

J'ai été tenté par la lâcheté. La peur avance parée de tant de bonnes raisons !

Mais j'aimais Julien Nori, mon ami, et des fanatiques l'avaient tué.

Et les autorités en place, si raisonnables, le déshonoraient dans l'espoir d'obtenir ainsi l'« apaisement », comme disaient jadis les diplomates qui s'agenouillèrent devant les nazis.

Je ne pouvais accepter une telle vilénie, une si humiliante et vaine soumission.

Et puis, j'avais eu de l'affection pour la fille de Julien Nori, Claire.

Et je tenais à conserver l'estime de Zuba Khadjar.

J'ai donc transmis le manuscrit de Julien Nori à mon éditeur, qui a décidé de le publier.

Le voici tel que Julien Nori l'a écrit dans les semaines qui ont précédé son assassinat par un ou une fanatique, au cœur du Cercle sacré de Paris, et donc de la France.

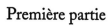

Première partie

I

J'étais, il y a quelques années, un homme dont on disait qu'il était heureux.

Max, l'ami en qui j'avais toute confiance et que j'enviais, le prétendait à chaque fois que nous déjeunions en tête à tête aux *Vignes du Panthéon*, le restaurant de la rue des Fossés-Saint-Jacques où j'avais mes habitudes.

Dès la commande passée, Max m'interrogeait sur les méandres de ma vie privée. Je répondais avec complaisance à ses questions avides ; j'évoquais ma dernière proie, décrivais les stratégies qui me permettaient de m'éloigner de la précédente sans rompre pour autant avec elle, d'amorcer une nouvelle intrigue alors que je n'en étais qu'à la découverte de la femme que je venais de séduire.

Max était fasciné et je jouissais de cette admiration jalouse qu'il manifestait. Je théorisais, j'embellissais, je provoquais. Je parlais avec la suffisance d'un adolescent boutonneux après sa première conquête. Je me sentais ridicule, mais j'affirmais que mon divorce d'avec Laure, ma troisième épouse, marquait en fait, pour moi, une rupture définitive avec la monogamie.

J'avais choisi de vivre comme un musulman, maître de ce que j'appelais un « harem informel » et pratiquant une « polygamie de fait ».

Et j'étais heureux que l'islam, religion aussi favorable aux mâles, fût devenue la deuxième de France.

Je crois avoir tenu des propos aussi vains et provocateurs à ma fille Claire quand elle m'a annoncé qu'elle voulait poursuivre ses études en Angleterre et qu'elle espérait pouvoir participer aux séminaires d'Oxford consacrés à l'histoire de l'Orient.

C'était en effet la civilisation arabe qui l'attirait.

J'avais approuvé son choix avec enthousiasme et avais organisé un déjeuner afin qu'elle pût rencontrer Pierre Nagel, titulaire de la chaire « Histoire du Moyen-Orient » en Sorbonne.

Ce jour-là, j'avais été stupéfait par l'érudition de Claire, par sa passion. Elle avait même, sans m'en avertir, suivi des cours d'arabe.

Dans l'après-midi, Nagel m'avait téléphoné pour me dire combien Claire, à ses yeux, maîtrisait déjà à merveille les problématiques de l'histoire musulmane. Il allait bien sûr la recommander à ses collègues d'Oxford, qui étaient aussi de ses amis. Il était prêt, d'ici deux ou trois ans, à diriger la thèse de ma fille si celle-ci le souhaitait. Lui, le désirait. Et plus tard, pourquoi pas, elle pourrait devenir l'une de ses assistantes en Sorbonne ou à l'Institut d'études politiques où il assurait un cours de doctorat.

– Nori, tu es un père heureux !, m'avait-il félicité.

Heureux n'était pas un mot de mon vocabulaire. Il me semblait mièvre, vague, n'évoquant en rien le mouvement, plutôt une immobilité béate.

Quand Max m'en affublait, je préférais lui répondre que j'avais « organisé » ma vie, que je m'efforçais de réguler mes passions sans hésiter à les vivre. Mais cela supposait des renoncements, des frustrations.

Ainsi je ne faisais pas partie des « visibles », alors que Max était l'un d'eux.

Souvent, aux *Vignes du Panthéon*, la propriétaire ou les serveurs le félicitaient, les yeux remplis d'admiration, parce qu'ils l'avaient vu débattre avec X... ou Y... à la télévision.

En revanche, c'est à peine s'ils me prêtaient attention. J'étais un « invisible », professeur d'histoire romaine en Sorbonne, auteur de quelques livres comportant trop de notes infrapaginales pour pouvoir jouer les histrions.

Mais peut-être aurais-je voulu, bien plus que je ne l'imaginais, être moi aussi visible, peut-être espérais-je qu'un jour les passants dans la rue m'interpelleraient comme ils le faisaient avec Max : « On vous a vu, hier. Bravo ! », etc.

Moi, pendant ce temps, à l'écart, je souriais niaisement, puis, quand Max me rejoignait, je le complimentais pour être devenu une référence, un interlocuteur, un proche pour des milliers de gens anonymes auxquels il apportait sans doute beaucoup.

Il roucoulait avec modestie, le salaud !

Puis, du bras, m'enveloppait les épaules.

– Tu as la meilleure part, Julien : tu sais vivre, toi, tu es heureux !

Je ne le suis plus, si je l'ai jamais été, et peut-être est-ce de façon délibérée que j'ai recherché le risque, le chaos.

Il m'était arrivé parfois, au long des autoroutes italiennes, alors que je me dirigeais vers un chantier de fouilles, en Basilicate ou en Sicile, d'imaginer avec une terreur excitante l'accident qui briserait la monotonie du voyage.

Dans ces moments-là, pour m'arracher à cette fascination morbide par un effort sur moi-même, j'avais dû faire appel à toutes les ressources de la raison. J'avais ralenti, m'étais arrêté sur une aire de stationnement, puis j'étais reparti apaisé.

Je ne m'étais pas comporté ainsi quand cette étudiante brune que j'avais remarquée depuis plusieurs semaines s'était approchée de l'estrade, à la fin du cours, m'avait dit se nommer Zuba Khadjar et être agrégée d'histoire. « Chère collègue », avais-je répondu avec enthousiasme, car l'inquiétude me taraudait lorsque je nouais une relation avec une étudiante qui pouvait se révéler mineure.

Zuba Khadjar souhaitait travailler sous ma direction et pensait à un sujet de thèse sur le martyre des chrétiens en Afrique romaine.

Il existait déjà de très nombreuses études sur le sujet, mais je ne la décourageai pas, au contraire !

Je l'invitai à déjeuner aux *Vignes du Panthéon*, et, déjà disposé à me perdre corps et âme dans un grand amour exclusif, j'en étais venu à oublier sur-le-champ mes théories sur le « harem informel » et la « polygamie de fait ».

Zuba Khadjar me parla d'abord de Claire. Elle avait rencontré ma fille à Oxford lors d'une conférence donnée par un prédicateur musulman que les Old Fellows d'Oxbridge appréciaient parce qu'il était aussi le directeur et le principal actionnaire de la World's Bank of Sun, et qu'il subventionnait des publications érudites, offrait des dons aux associations d'étudiants ainsi qu'aux bibliothèques d'Oxford et de Cambridge. Comment ne pas trouver que cet homme-là, Malek Akhban, possédait d'éminentes qualités ? Historien, banquier, philosophe, modéré, héritier de l'islam d'Andalousie, d'Avicenne et d'Averroès, etc.

Dans le ton de Zuba Khadjar perçait la critique, mais elle ne parut pas vouloir aller au-delà de l'ironie :

– Claire m'a eu l'air très impressionnée par ce maître, ce bel et vieil émir, ajouta-t-elle avec son petit sourire.

Elle avait noué là-bas une relation amicale avec Claire tout en ne me dissimulant pas qu'elle s'en était rapprochée parce qu'elle était ma fille.

Je l'interrompis. J'avais hâte de lui parler de moi. Ce désir que j'avais d'étaler ma vie me surprenait, me ravissait comme un souffle de jeunesse inattendu alors que, depuis des années, je dissimulais aux femmes que je voulais séduire, ce que j'étais, d'où je venais, sachant déjà que j'allais me détourner d'elles au bout de quelques semaines – parfois même de quelques jours ou de quelques heures. À Zuba Khadjar je dis que j'avais couru par les rues de la montagne Sainte-Geneviève, le Cercle sacré de Paris, de la rue Gay-Lussac à la place Maubert, de la rue des Fossés-Saint-Jacques à la rue Clovis, un pavé dans chaque main – c'était le printemps de 68, bien avant sa venue au monde, n'est-ce pas ?

Puis, prenant tout à coup la mesure de cet écart entre nous, je m'enfonçai dans un temps lointain, si lointain que les décennies qui nous séparaient s'y effaçaient. Nous étions devenus de proches contemporains quand je me mis à évoquer ce Julius Nori, citoyen romain – qui bien sûr n'était pas mon ancêtre –, mais dont je portais les noms et prénom – dont j'avais retrouvé par hasard la trace en Sicile où il avait été arrêté, jugé, condamné, torturé, décapité pour n'avoir pas voulu renoncer – c'était sous Marc Aurèle – à sa foi chrétienne.

– Julius Nori, dis-je, pourrait être un des personnages de votre thèse, car je le soupçonne d'avoir vécu en Afrique avant de s'en retourner en Sicile.

Un village près de Syracuse portait d'ailleurs le nom de Nori et je lui dévoilai alors mes origines siciliennes.

À la manière dont elle me dévisagea, je sus que je ne pourrais la conquérir en me contentant de dérouler la belle tapisserie de ma propre légende. Je n'y aurais gagné que le ridicule.

J'ai donc changé de registre, cessé de me servir de l'histoire romaine comme d'un miroir pour mon narcissisme, et tenté de réfléchir à voix haute, à partir de ce Julius Nori, aux raisons du triomphe final du christianisme, cette religion persécutée durant plus de trois siècles et dont l'empereur

Constantin, en se convertissant, fit la religion officielle, bientôt unique, de l'Empire.

Je vis le visage de Zuba Khadjar se transformer. M'ayant souvent interrompu, questionné, elle entreprit bientôt d'exposer ce qu'elle appela ses propres « hypothèses ».

Elle ne croyait pas, comme certains historiens du monde romain le prétendaient, que Constantin s'était converti parce que la grâce l'avait touché, la foi illuminé. L'Empereur était un habile politique. Il avait dû tenir compte de la puissance acquise par la communauté chrétienne, par cette Église organisée à laquelle les croyants s'étaient obstinés à demeurer fidèles en dépit de toutes les persécutions.

– Votre Julius Nori et des milliers d'autres ont subi le martyre tout au long de trois siècles sans se renier. Devant une foi aussi indestructible, les plus puissants empereurs doivent s'incliner. Comme le dit Sénèque : « Celui qui ne craint pas la mort ne peut plus être esclave » – et j'ajoute à cette formule que celui qui accepte le martyre devient le maître de ceux qui redoutent la mort. Les chrétiens ne craignaient pas la mort. Aujourd'hui, elle vous terrorise tant que vous n'osez même plus la voir, la nommer ! Vous cachez vos morts, vous les brûlez pour qu'il n'en reste aucune trace, à peine un peu de cendre ; vous ne voulez même plus imaginer les cadavres en décomposition. Vous êtes un empire condamné, comme le fut l'Empire romain, et par une religion nouvelle que je connais bien : c'est la mienne, l'islam. Ses croyants acceptent le sacrifice. Les Américains aujourd'hui l'éprouvent chaque jour à leurs dépens. Leurs légions sont impuissantes à imposer leur ordre en Afghanistan, en Irak. Elles se veulent les héritières de Rome ; elles n'auront pas plus de succès que les aigles romaines. Elles auront beau massacrer, elles seront vaincues, à la fin, comme le fut l'Empire romain. Face à l'Empire occidental, l'islam a la même force que, jadis, le christianisme. La parole du Prophète est entendue par des centaines de millions, plus d'un milliard de pauvres. Les organisations islamiques les aident. Les imams promettent le paradis et des dizaines de milliers de jeunes gens aspirent à devenir des kamikazes. Le jour où ils se sacrifieront en masse dans les rues, les tunnels des métros, les aéroports d'Occident, malheur à l'Empire !

J'étais fasciné. Je n'aurais pas imaginé que cette jeune femme vêtue avec élégance pour séduire, les cheveux flous, un maquillage sombre cernant ses lèvres et ses paupières, était capable d'exprimer avec tant de conviction de tels propos.

– Vous pensez cela ? Vous le souhaitez ?

Elle avait secoué la tête en souriant.

Elle se contentait de prévoir le probable, en historienne, et en l'énonçant elle mettait l'empire d'Occident en garde. Mais que peut-on contre l'inéluctable ? Comment empêcher ceux qui aspirent au martyre de l'emporter ?

J'avais été, prétendait-on, un homme heureux. Moi, je disais : un homme à la vie contrôlée, aux passions maîtrisées, un homme raisonnable qui cherchait à jouir des êtres et des choses, et non plus à combattre. J'estimais que le temps de pavoiser dans l'arène était pour moi révolu et regrettais pourtant de ne pas être acclamé. Je rêvais encore d'être « visible ».

C'est au cours de ce premier déjeuner avec Zuba Khadjar que j'ai su que ma vie allait basculer et affronter, vent debout, la tempête.

Parce que je désirais ce corps jeune dont je frôlais les genoux, parce que je voulais retrouver la fougue et l'élan juvéniles, j'ai d'autant plus espéré que cette tempête se lèverait.

Laure, mon ancienne épouse, avec qui j'avais conservé des relations courtoises, m'a téléphoné quelques jours plus tard, me demandant de lui prêter, pour un mois, *La Romaine*, ma maison de Séguret, un village proche de Vaison-la-Romaine. Elle voulait y séjourner avec Claire qui comptait y passer quelque temps en compagnie d'amis d'Oxford, et peut-être notre fille y recevrait-elle la visite de ce personnage qui semblait exceptionnel, ce Malek Akhban qui habitait Genève mais adorait la Provence ? La région lui rappelait les paysages de la Sicile et de l'Espagne où les musulmans avaient autrefois développé une civilisation raffinée.

Je rapportai les propos de Malek Akhban à Zuba Khadjar. Elle en parut troublée, grave tout à coup ; mais elle ne me répondit pas quand je lui demandai si elle connaissait personnellement ce prédicateur musulman. Elle s'emporta même, révélant alors un caractère entier, impérieux. Elle me parla avec autorité, comme si nos rôles s'étaient inversés. C'était elle qui m'enseignait, et moi, l'étudiant, qui l'écoutais.

– Malek Akhban ! commença-t-elle en haussant les épaules. Mais, dans l'islam, ce ne sont pas les individus qui jouent le premier rôle ! L'islam est la religion de la foi collective, non de la foi personnelle. Ce qui compte, c'est la lecture du Coran et de la tradition.

Elle lança un regard à Tariq, le serveur d'origine marocaine qui l'avait traitée avec beaucoup de désinvolture.

– L'islam, continua-t-elle, n'est pas une grappe de raisins dont vous détachez grain après grain pour les croquer, intégrant chacun d'eux à votre civilisation. L'islam est un fruit rond qu'on ne peut ni découper ni morceler. C'est pour cela qu'il vous faudra accepter sur votre sol les communautés musulmanes tout en renonçant à séduire et assimiler un à un les individus qui les composent. Mohammad dit aux musulmans : « Vous formez la meilleure communauté parmi les hommes. Vous ordonnez ce qui est convenable. Vous condamnez ce qui est blâmable. » Un musulman n'est pas l'équivalent d'un immigré polonais ou sicilien. Il est le membre indissociable d'une communauté persuadée qu'elle doit un jour, quand elle sera plus puissante, conquérir et convertir les infidèles : vous ! « Tous sans exception seront jetés dans le feu de la géhenne où, immortels, ils demeureront... » Et le Prophète dit encore aux croyants qui vivent en territoire infidèle : « N'appelez pas à la paix dès lors que vous avez la supériorité. » Et ils l'ont, puisqu'ils acceptent de mourir pour leur foi ! L'islam conquerra l'Empire d'Occident comme le christianisme a conquis jadis l'Empire romain.

Telle fut ma première leçon avec Zuba Khadjar, le début de ma liaison avec elle, de notre commune passion pour l'Histoire, de l'amour que je lui portais, de l'estime et de l'amitié qu'elle me donnait en retour, son corps qu'elle m'offrait réussissant à me faire croire que j'avais encore la vigueur d'un gladiateur invaincu.

Mais, dès cette rencontre, je sentis naître en moi le refus de me résigner à ce que Zuba Khadjar, de sa voix rauque, annonçait comme inéluctable. Cette résistance montait du fond de ma mémoire, là où ma grand-mère vêtue de noir avait naguère semé chaque jour les ferments de ses prières.

Elle s'agenouillait près de moi dans la chambre exiguë que je partageais avec elle :

« Notre Père qui êtes aux Cieux… Sainte Marie, mère de Dieu… »

Je ne me souviens plus au juste en quelle langue elle récitait ces mots et me les faisait répéter : en sicilien, en italien ou bien dans cet étrange français estropié qu'elle parlait ?

Mais la mélopée de cette foi chrétienne s'était inscrite en moi, identité masquée qui, face à l'avenir que dépeignait Zuba Khadjar, réapparaissait comme ces récifs qui, à l'heure où la mer se retire, ferment l'horizon.

J'ai lu le Coran. Ce n'était pas *mon* Livre, et j'ai pensé que le christianisme, confronté à cet éloge de la force, à cette fusion entre foi et politique, à cet emprisonnement de chaque acte de la vie dans une tradition intangible, était la religion de la liberté personnelle, une affirmation du libre arbitre.

Je me suis reconnu dans cette méditation de Bernard de Clairvaux – saint Bernard : « Supprimez le libre arbitre et il n'y a rien à sauver ; supprimez la Grâce et il n'y a rien d'où vienne le salut. »

J'étais chrétien.

Si je n'ai pas osé m'en ouvrir à Zuba Khadjar, ce n'est pas par hypocrisie ou crainte de la perdre, mais parce que mon étonnement était si grand, de découvrir cet enracinement, que je doutai de sa réalité.

Et puis il y avait ces *born again* qui, aux États-Unis, brandissaient le saint glaive de la vengeance après les attentats contre les tours jumelles de New York.

J'appréhendais d'être enrôlé dans cette nouvelle croisade. Et cependant, après avoir lu l'historien américain Huntington, je voyais bien s'esquisser ce « choc des civilisations » qu'il annonçait.

Pourquoi aurions-nous dû accepter d'être parmi les vaincus ?

Les attentats et les guerres se sont multipliés.

Il ne s'est pas passé de jour sans que je n'aie discuté, polémiqué avec Zuba Khadjar, et qu'avec une angoisse irraisonnée mais envahissante je n'aie tenté de joindre Claire, mais ma fille ne me répondait que par des mots secs, tranchants comme des couperets.

J'avais besoin d'entendre une voix apaisée.

Je me suis tourné vers Pierre Nagel qui s'était montré rassurant, ironique, écartant les prédictions de Zuba Khadjar et mes craintes par des dénégations souriantes.

L'islamisme, disait-il, avec l'assurance de l'érudit, du spécialiste, ne résisterait pas mieux au déferlement de la globalisation marchande, aux mœurs qu'elle engendrait, que n'avait résisté autrefois l'Inquisition aux découvertes et au progrès. Et d'abord parce que la civilisation occidentale portait en elle la révolution de la sexualité, le contrôle de la procréation, donc la libération de la femme et de son désir, la quête d'un plaisir sans entrave, toujours plus grand, donc le triomphe de l'individualité.

Il suffisait d'attendre que la pilule contraceptive – mais peut-être aussi le sida – produisent leurs effets sur les sociétés musulmanes, que s'étoffent les couches moyennes, et l'islamisme ne serait bientôt plus qu'un intégrisme ridé comme toutes les religions en comportent.

Il subsisterait certes quelques « tribus indiennes » qu'il faudrait surveiller et contenir dans leurs réserves, mais les Apaches avaient été consumés par le whisky et les mollahs le seraient par l'appétit de jouir des nouvelles générations.

Nagel avait admis qu'il y aurait une passe un peu périlleuse à franchir. On était au milieu de cette traversée. Il fallait, pour l'heure, se garder d'humilier les musulmans, ne pas chercher à forcer le cours des choses. Le mouvement naturel des sociétés produirait ses effets dans la péninsule Arabique comme il l'avait produit partout en Europe – et l'Espagne intégriste de l'Opus Dei était devenue la terre de la *movida*, le pays d'Almodovar !

Surtout, il fallait s'interdire d'agresser ces nations en marche vers leur autodissolution ! Il fallait respecter – dans les formes, s'entend – la maison de l'Islam, *Dar al Islam*, admettre que tel ou tel de ces régimes bafoue les droits de l'homme, coupe la tête des catholiques, interdise la construction des églises.

Et ici, dans la maison de l'Armistice – *Dar al Suhl* –, il fallait se montrer favorable à la multiplication des mosquées et condamner toute insulte à l'islam, c'est-à-dire toute critique de cette foi ! Et de son Livre. Et ne pas tourner en dérision ni même représenter le Prophète.

Il fallait oublier Voltaire, se déchausser et jeûner !

Éviter que ne s'agrandisse la maison de Guerre – *Dar al Harb* – et compter sur les hypermarchés, Internet, les DVD et le cinéma porno pour éroder l'islamisme, plutôt que sur les appels à la croisade de George Bush et l'intervention de ses légions !

Nagel m'avait répété que c'était par individualisme dans la consommation des marchandises et le plaisir que s'ouvriraient puis se dissoudraient les communautés les plus rigoristes.

– Les femmes commenceront par abandonner leurs voiles noirs et porteront des foulards Chanel, disait-il, puis elles montreront leurs cheveux, leur nombril, leur string, et ce sera le triomphe de la démocratie ! L'Occident l'aura emporté. Il n'y a plus qu'à Lourdes qu'on croise des prêtres en soutane et des nonnes à cornettes !

J'ai écouté Pierre Nagel sans être convaincu.

Quand je lui faisais part de mes réticences, il mettait en cause ce qu'il appelait mon « cerveau reptilien de catholique primitif » élevé par une paysanne sicilienne aux croyances médiévales.

Je me taisais. Je me répétais qu'on n'échappe pas à la défaite sans combattre. J'imaginais des islamistes détenteurs de l'arme atomique. J'écoutais leurs propos menaçants. On n'avait pas voulu croire, dans les années trente du XXe siècle, que *Mein Kampf* était réellement le programme politique de Hitler. Pourquoi le président de l'Iran, lorsqu'il annonçait qu'il voulait rayer Israël de la carte, n'énonçait-il pas, sûr de lui, son projet ?

Mais une vieille imprégnation marxiste – celle-là même qui avait recouvert en moi le récif chrétien –

m'incitait à reconnaître cette force des choses qui emportait tout, transformant convictions, croyances, créations en marchandises.

Souvent, j'oubliais ainsi que l'homme ne vit pas seulement de pain.

C'est alors que j'ai reçu LA lettre de ma fille.

II

J'ai posé devant moi la lettre que m'adressait Claire.

Et j'ai eu la tentation de faire les gestes de ma grand-mère, la noire Sicilienne, qui, le petit doigt et l'index de la main gauche dressés, conjurait ainsi le malheur, chassait le démon avant de réciter le *Notre-Père* tout en se signant.

De mes deux paumes ouvertes j'ai caché l'enveloppe.

Ma grand-mère disait en se frappant la poitrine qu'on portait le malheur en soi, parfois depuis la naissance, que c'était comme un rat qui nous rongeait. On le savait, mais on n'osait le chercher, le nommer, on avait peur de le débusquer. Aussi le laissait-on en espérant qu'il s'assoupirait, repu, mais il était insatiable, et un jour il vous lacérait les entrailles et surgissait – et on ne pouvait plus l'ignorer ni en venir à bout.

J'ai fermé les yeux pour ne plus voir cette lettre de Claire.

Ma grand-mère était morte avant que ma fille ne vienne au monde et elle n'avait pas non plus connu mes parents, disparus peu après. Quant à sa mère, Laure, elle avait rompu toutes relations avec sa propre famille, devenant une femme seule, une orpheline de fait.

Ainsi Claire n'avais jamais vu une grand-mère superstitieuse et croyante s'agenouiller. Elle n'avait jamais entendu une voix fervente prier ou raconter une enfance rurale dans un village du Sud perché comme un entassement de cubes blancs.

Elle n'avait pas eu peur rien qu'à écouter la vieille paysanne sicilienne, qui ne parlait parfaitement aucune langue, décrire les rouges explosions de l'Etna.

Je n'avais pas encore décacheté l'enveloppe postée par Claire.

Je connaissais ma faute à son endroit. Je l'avais laissée sans racines. Je ne lui avais rien transmis. Après mon divorce d'avec Laure, elle avait pourtant vécu avec moi ; je l'avais aimée, mais sans lui dispenser ce dont elle avait besoin : ma présence, mon attention, mon temps, ma mémoire. Je me bornais à la combler de cadeaux pour compenser ce que je ne lui accordais pas.

C'était un moment où je montais quatre à quatre les marches de ma vie : thèse, articles, livres, maître de conférences, professeur des universités, etc.

Ainsi que les jeunes femmes cueillies à chaque palier.

Je me servais de Claire, petite fille, comme d'un moyen supplémentaire de séduction. Qu'il était émouvant, n'est-ce pas, ce père qui vivait seul avec sa fille ! Comme on souhaitait jouer à la poupée à ses côtés, comme on rêvait de devenir la compagne de cet homme-là, si dévoué à son enfant !

J'interprétais bien mon rôle.

Une femme chassait l'autre. Je ne me souviens même plus de leurs prénoms, moins encore de leurs corps. À l'exception peut-être de celui de cette jeune étudiante blonde dont la conquête m'avait grisé et dont j'avais souvent parlé à Claire comme si elle avait été une amie complice et non ma petite fille déracinée. À la fin, elle m'avait crié : « Mais je m'en fous ! », et je crois même qu'elle avait ajouté « pauvre type ».

Mais, dessoûlé, j'avais fait mine de ne pas avoir entendu et, jusqu'à cette lettre de Claire, j'avais en effet oublié le mépris que ces deux mots avaient témoigné.

J'avais cependant senti la morsure du malheur. Mais j'avais cru le refouler en engageant, pour s'occuper de Claire, une femme d'une quarantaine d'années que Pierre Nagel m'avait recommandée.

Ounissa Rezzane était une Tunisienne au corps déjà lourd, aux yeux doux, aux cheveux serrés dans un petit foulard noir qui me rappelait ceux que portait ma grand-mère.

Si les mots de bonté, de générosité, de dévouement, d'honnêteté ont un visage, c'est bien celui de Ounissa Rezzane.

J'ai compris, en observant la manière dont Claire la suivait, lui parlait, que ces deux êtres s'aimaient non pas comme une mère et une fille, dans cette fusion parfois ambiguë qui peut lier l'une à l'autre, mais d'une affection faite d'estime, de respect et d'attentions.

Et les premiers jours je m'étais senti exclu, découvrant que je n'avais pas réussi à tisser avec Claire une relation de cette nature-là.

Puis j'ai détourné la tête. À nouveau j'ai gravi des escaliers en courant, allant de colloque en colloque, de Naples à Bucarest et de Fribourg à Oxford.

Il y a toujours, dans ces réunions savantes, de jeunes universitaires esseulées parmi lesquelles une au moins est plus attirante. J'essayais de la capturer dès la première séance.

Voilà ce qui faisait dire à Max ou à Pierre Nagel que j'étais un homme heureux.

J'étais plutôt un type en fuite.

Au retour de l'un de ces colloques qui s'était tenu à Rome, je n'ai retrouvé chez moi, rue Maître-Albert, ni Claire ni Ounissa. Je me suis affolé, j'ai téléphoné chez la Tunisienne. Elle s'est excusée en me rassurant : Claire était avec elle, rue Tournefort.

Pourquoi ai-je décidé de m'y rendre, de découvrir cette pièce unique, d'une vingtaine de mètres carrés, où, sur un sol brillant de propreté, étaient repoussés contre les cloisons cinq matelas ?

Le mari d'Ounissa était un homme maigre à la toux sèche, aux joues rongées par une barbe grisonnante :

– Travaillé beaucoup, respiré saleté, poussière de marbre, amiante, m'a-t-il dit d'une voix hachée.

Claire était assise à même le sol et jouait avec les deux filles d'Ounissa. Le frère, Khaled, lisait dans un des angles de la pièce.

J'ai eu honte.

C'était comme si j'avais vu revivre mes grands-parents peu après leur arrivée à Marseille quand – ma grand-mère me l'avait souvent raconté – ils logeaient dans une cave éclairée par un seul

soupirail, et les gens de l'immeuble les appelaient
« les Arabes ».

Quand j'ai dit à Claire que nous allions rentrer
rue Maître-Albert, elle s'est levée mais a refusé de
me prendre la main. Elle a embrassé Ounissa, ses
enfants, le père au visage émacié.

Puis, sans qu'elle réponde à aucune de mes
questions, nous avons traversé la place du
Panthéon, pris la rue Valette qui descend vers la
place Maubert.

Nous allions, silencieux et séparés.

Je ne voulais pas fouiller en moi, pour éviter d'y
trouver le malheur tapi. Mais, des années plus tard,
il a bien fallu que j'ouvre enfin la lettre de Claire.

III

« *Je suis celle que Dieu a choisie pour te dire son mépris et ma haine.* »

La première phrase m'a suffi.

J'ai parcouru des yeux ces pages à l'écriture acérée, aux lignes serrées, grouillantes comme un essaim de guêpes.

J'ai eu la tentation de ne pas aller plus avant, de me contenter de saisir un mot çà et là, mais chaque fois que mon regard en déchiffrait un, c'était comme une pierre anguleuse lancée avec rage pour me blesser, me déchirer, me briser l'âme.

Mais, naturellement, je devais lire, savoir.

Et j'ai repris ma lecture.

« *Je suis celle que Dieu a choisie pour te dire son mépris et ma haine.*
J'ai arraché les défroques que tu m'avais données.

Je ne me nomme plus Claire Nori, mais Aïsha Akhban, et je suis heureuse d'être la quatrième épouse de Malek Akhban. »

J'ai frappé si fort la table du poing que j'ai hurlé de douleur. Deux doigts restaient repliés, les phalanges sûrement fracturées.

Je me suis levé, j'ai arpenté la pièce à grands pas. Quel boomerang avais-je lancé pour qu'il revienne ainsi m'atteindre en plein visage ?

J'ai blasphémé, juré, maudit. J'ai placé mon crâne et ma main douloureuse sous un robinet d'eau froide. Puis, tout à coup, comme si j'étais vidé de ma colère et de mon sang, je me suis effondré, assis devant cette lettre, tenant mon front à deux mains, acceptant d'être lapidé, puisque j'étais sûrement coupable.

Si j'avais donné à Claire ce qu'elle était en droit d'attendre de moi, ce que je devais lui apporter, elle ne serait pas devenue Aïsha, la quatrième épouse de Malek Akhban.

Et penser cela revenait à recevoir une volée de pierres.

Mais le supplice ne faisait que commencer.

Il fallait lire la suite.

« Je ne fais plus partie de ce monde perverti, corrompu, dépravé, sans foi, auquel tu es si fier d'appartenir.

Ta démocratie athénienne, ton Empire romain, ton christianisme, fils bâtard du judaïsme, ta civilisation d'Occident, dont tu t'enorgueillis, je les vois tels qu'ils sont.

Ils incarnent l'oppression.

Ils ont écrasé, volé, massacré tous ceux qui résistaient, qui refusaient d'être les jouets, les serviteurs et les esclaves de leurs vices.

Ce n'est pas du passé que je parle ici, mais du monde d'aujourd'hui, tel qu'il est.

Tu es du côté des croisés.

Et tu aurais voulu que je sois comme toi, au service de cette civilisation-là, celle du génocide qui ose parler d'un antisémitisme musulman !

Tu aurais voulu que je suive ta trace, que je devienne une historienne complaisante, tissant la noble légende d'un monde qui ne s'est développé que parce qu'il a pillé, enfumé les peuples et occupé leurs terres.

Mais l'islam ne peut pas être vaincu !

"Parce que le Seigneur a ordonné de mener le djihad, la guerre contre les infidèles d'origine, les apostats et les hypocrites."

Et tu l'as compris : Allah est mon Dieu et Mohammad, son Prophète. »

Cette voix exaltée, est-il possible que ce soit celle de ma fille ?

Pourquoi s'est-elle précipitée dans cet abîme de fanatisme, cette forme de folie doublée d'une trahison de ses origines, cette sorte de négation de soi, oui, de suicide ?

Je masse ma main brisée dont le côté droit est enflé ; la douleur s'insinue jusqu'à l'épaule, enserre même ma poitrine au point que j'ai l'impression qu'elle me pince le cœur.

Ce sont les entrailles de mon passé que Claire étale sur la table et qu'elle examine comme une devineresse les viscères d'un animal sacrifié.

« Ta manière de vivre m'a humiliée et blessée, écrit-elle.

Ta maison était comme une place publique que traversaient des jeunes femmes que tu me présentais, que tu me forçais à embrasser, puis que tu prenais par la taille, que tu lutinais devant moi avant de les entraîner dans ta chambre.

Je vous entendais rire et glousser, et je me bouchais les oreilles. Après quoi tu me questionnais, tu me demandais mon sentiment sur celle-ci, sur celle-là.

Tu me salissais.

Voilà tout ce que tu trouvais à me proposer cependant que ma mère, les rares fois où je la voyais, me parlait de sa solitude.

Était-ce ainsi qu'il me fallait vivre ? »

« *Heureusement, Dieu a tendu vers moi la main d'une pieuse musulmane. Souviens-toi d'Ounissa Rezzane.*

C'est toi qui l'avais choisie, parce que Dieu est aussi le maître des infidèles, des incroyants, et Il se joue d'eux à Sa guise, car Il veut et prépare donc leur défaite.

Ounissa n'a pas cherché à me convertir, mais j'ai découvert près d'elle ce qu'était une vie humble et droite, et j'ai été attirée par cette civilisation dont tu ne m'avais jamais parlé, sinon pour te moquer d'elle.

Souvent, avec l'un ou l'autre de tes amis, je t'avais entendu la décrire comme celle où les hommes sont les maîtres du harem, polygames heureux.

Tu parlais sans comprendre, sans savoir, toi, le fils d'une civilisation hypocrite qui rejette les femmes après les avoir usées, trompées, trahies !

« *Quand je suis entrée pour la première fois dans la pièce de la rue Tournefort où vivait Ounissa, j'ai compris ce qu'était une famille. Les filles et le fils d'Ounissa sont devenus mes sœurs et mon frère. Et j'ai pleuré lorsque l'époux d'Ounissa a été appelé au paradis.*

Quand Malek Akhban m'a accueillie dans sa famille comme la plus jeune de ses épouses, il a accepté de recevoir dans sa maison, avec moi, Ounissa et ses enfants.

Il leur consacre une juste part de ses biens pour leur permettre de vivre et d'étudier.

Qu'as-tu fait, toi, quand tu as vu où logeait la famille d'Ounissa Rezzane ?

Tu t'es enfui en m'entraînant.

Tu as exigé d'Ounissa qu'elle ne m'accueille plus chez elle.

De quoi avais-tu peur ? Tu voulais que j'ignore que derrière vos grands mots, la civilisation occidentale n'est qu'une Grande Oppression ? Qu'elle a toujours massacré, humilié, bafoué, spolié ?

Où se trouve Auschwitz : en terre musulmane ou chrétienne ?

Dans quel fleuve a-t-on jeté par dizaines les musulmans qui refusaient d'être parqués et soumis ?

On les a noyés dans la Seine et tu m'as si souvent conduite sur les berges de ce fleuve en me racontant chaque fois l'histoire de ce que tu appelais le "Cercle sacré de Paris".

En Île-de-France dont tu m'as fait visiter les châteaux, les musulmans sont enfermés dans des ghettos sans même avoir un lieu décent où prier notre Dieu !

Voilà votre France, voilà votre monde !

On y répète les mots de Liberté, Égalité et Fraternité qui sont comme une bave qui couvre vos lèvres et cache vos dents. Mais vous ne partagez rien, vous ignorez ce qu'est la charité, le don. L'égoïsme est votre loi, l'unique règle de votre monde, celle que tu défends au nom de la liberté individuelle, des droits de l'homme, celle que vous voulez imposer au monde entier parce que c'est pour vous le moyen de jouir librement de tout et de tous.

Vous n'êtes que des prédateurs.

Vos ventres sont pleins, vos églises sont vides ! »

Restait une dernière page.

Je l'ai relue plus tard après avoir vu les images de ces centaines de voitures brûlées par des émeutiers et avoir appris que ceux-ci avaient incendié écoles, gymnases, ainsi qu'un autobus rempli d'une cinquantaine de voyageurs qui avaient réussi à fuir.

Les agresseurs avaient jeté un dernier chiffon imbibé d'essence et ainsi brûlé le corps d'une femme handicapée restée à bord du véhicule.

Et on avait entendu dans ces quartiers crier « Allah Akhbar ! ».

J'ai téléphoné à Pierre Nagel. J'espérais lui parler de Claire, de Malek Akhban, mais il voulait avant tout commenter les « incidents » – comme il disait – des banlieues.

L'islam n'y jouait à son avis qu'un rôle de figurant.

Le chômage, la misère, le miroir et la caisse de résonance médiatiques, la brutalité de la police, les excès verbaux du ministre de l'Intérieur expliquaient ces violences. Il ne fallait pas les exagérer.

Elles étaient récurrentes dans cette période historique de transition.

Au XIXᵉ siècle, la France avait connu des luttes de classes autrement dangereuses. Il suffisait de se souvenir des journées de juin 1848, de la Commune, de la Seine qui coulait, rouge du sang des insurgés de mai 1871 !

L'islam n'était pas responsable des événements. La misère, les inégalités, l'exclusion, la précarité, le spectacle de la corruption et de l'incapacité des élites en étaient les causes.

Aujourd'hui les ouvriers, les pauvres, les chômeurs étaient le plus souvent d'origine musulmane, mais la religion n'était pas le ressort des affrontements.

– Et les guerres serviles à Rome ?, a surenchéri Nagel. J'étais bien placé pour les connaître : Spartacus n'avait pas lu le Coran, n'est-ce pas ?

J'ai raccroché.

« *Dieu m'a sauvée de la civilisation du Mal* », écrivait Claire.

Je ne peux m'accoutumer à la nommer Aïsha.

« *Je voulais te l'apprendre moi-même pour que tu mesures ma détermination, ta faiblesse et ton impuissance qui sont celles de la civilisation que tu défends.*

Elle meurt parce qu'elle n'a plus de foi.

Et que notre Dieu est celui du monde.

Je Le remercie de m'avoir admise dans la Communauté des croyants.

Je Le prie chaque jour :

"Ô Dieu, conforte la situation de Ta Nation en honorant ceux qui T'obéissent et en avilissant ceux qui Te désobéissent.

"Conforte Ta Nation en ordonnant le Bien et en pourchassant le Mal.

"Je prie et je salue Ton adorateur et messager, Mohammad, sa famille et ses compagnons.

"Et mon ultime prière sera : Louange à Dieu, Seigneur des Mondes !" »

IV

J'ai d'abord capitulé devant ce Dieu et son Prophète.

J'ai baissé la tête, accepté ma défaite.

Pour la première fois, j'ai compris ce que devaient ressentir les vaincus dont le comportement m'avait toujours étonné. Esclaves, prisonniers, gladiateurs, ils ployaient la nuque, offraient leur gorge, attendaient passivement la mort.

J'étais l'un d'eux.

Je suis resté prostré, la poitrine déchirée par les quintes d'une douleur sèche qui me forçaient à me recroqueviller, le dos rond comme un animal malade qui se roule dans un coin, se cache, honteux de sa faiblesse et de sa déchéance.

Durant plusieurs jours je n'ai plus répondu au téléphone. Je n'ai pas assuré mes cours.

Je n'ai pas ouvert ma porte à Zuba Khadjar. Que lui dire ? Que Claire était devenue Aïsha et prétendre que cela m'indifférait, ou même, pourquoi pas, qu'elle rejoignait la religion conquérante de notre XXIe siècle, et n'était-ce pas là la vision qu'elle, Zuba Khadjar, avait de l'islam ?

J'ai pourtant dû sortir de mon trou parce qu'il me semblait que l'état de ma main empirait, que l'enflure gagnait l'avant-bras.

Je me suis rendu à la clinique de la rue Geoffroy-Saint-Hilaire et j'ai aperçu, à quelques centaines de mètres, du même côté de la rue, le mur crénelé et le minaret de la Grande Mosquée.

Je la découvrais là, dressée depuis les années vingt, alors qu'il n'était plus un pays musulman où, en droit ou en fait, le culte chrétien était accepté. Si leur Constitution ne l'interdisait pas, agressions et assassinats en rendaient la pratique périlleuse. Sans compter les régimes où détenir une bible, les Évangiles, un crucifix, signifiait la mort. Mais, comme écrivait Claire, comme elle le croyait, « nous » étions les croisés, les soldats de la Grande Oppression, les prédateurs !

Alors que la Grande Mosquée avait été bâtie au cœur du Cercle sacré de Paris, parmi nos églises, Notre-Dame et Saint-Étienne-du-Mont, non loin de Saint-Nicolas-du-Chardonnet.

Nous étions pourtant, à lire Claire, des persécuteurs.

Mon désespoir s'est teinté d'amertume.

J'ai vu passer des jeunes femmes – peut-être des étudiantes – voilées. Et ma douleur s'est faite aiguë, insupportable.

Ainsi ma Claire, ma propre fille, devait déambuler dans les rues de Genève, fière et joyeuse de sa nouvelle identité, Aïsha Akhban.

Le radiologue découvrit trois petites fractures dont l'emplacement le laissait surpris. C'était comme si on m'avait écrasé la main d'un coup de marteau, remarqua-t-il.

Il m'a dévisagé avec ironie quand j'ai prétendu être tombé et m'être appuyé sur cette main droite qui s'était malencontreusement retournée.

Il a haussé les épaules, ajoutant que, parfois, certains boxeurs frappent si fort leur adversaire qu'ils brisent quelques-uns des os de leur main dont l'agencement permet à la paume et aux doigts d'être cet instrument complexe et efficace.

Il m'a annoncé que je resterais plusieurs mois handicapé, les doigts écartés, un peu repliés, mais qu'il était inutile de tenter de réduire ces fractures. Il fallait laisser les os se ressouder naturellement. Peut-être la main resterait-elle raidie, les doigts moins agiles, mais la gêne serait légère.

– Que vous ayez été frappé ou que vous ayez frappé, le résultat est le même. Il faut laisser faire le temps. C'est plus sage que de vouloir intervenir.

Son diagnostic s'appliquait à tout mon être, brisé comme ma main. Claire m'avait frappé tout comme je l'avais frappée.

Le praticien me prescrivit des anti-inflammatoires, mais j'étais décidé à ne pas suivre ce traitement.

Je méritais de souffrir. Et même de mourir.

Mais on ne meurt pas de fractures du métacarpe droit et des phalanges.

J'ai donc survécu, relisant plusieurs fois par jour la lettre de Claire que j'avais placée dans le tiroir de mon bureau. Il me suffisait d'un petit geste de la main gauche pour en apercevoir les feuillets et en lire quelques phrases, même si Zuba Khajdar était assise en face de moi, ignorant pourquoi je gardais la tête baissée, s'étonnant de ma morosité, me reprochant de ne pas faire soigner cette main dont l'état l'inquiétait.

Un soir, j'ai répondu que je subissais à ma manière la punition islamique. Je voulais qu'on me tranchât le poing, et même le pied gauche. Comme on ne pratiquait pas ces mutilations croisées dans nos pays laxistes et corrompus, je laissais ma main pourrir, mais je n'avais aucune chance de parvenir à mes fins :

ici, dans notre civilisation décadente, n'est-ce pas, on ne torturait pas, on ne lapidait pas les coupables, on les guérissait.

Elle s'est étonnée de ces propos, de leur emphase et de leur ironie amère, et tout à coup, malgré moi, j'ai commencé à lui parler de Claire, non pas du contenu de sa lettre, mais de son enfance, de la manière dont j'avais, des mois durant, retardé la date de son baptême, m'opposant là-dessus à Laure, prétextant qu'on devait laisser aux êtres, une fois adultes, le soin de choisir leur foi, et non leur imposer à la naissance, sans se soucier de leur libre arbitre, la religion de leurs parents.

J'avais finalement cédé à Laure et assisté, goguenard, à la cérémonie, voltairien se gaussant de toutes les religions, libre-penseur oscillant entre athéisme et agnosticisme.

À ce baptême bâclé s'était limitée toute l'éducation religieuse de Claire.

Je n'avais pas voulu, je n'avais pas été capable de lui transmettre la foi de mes origines, que je croyais avoir oubliée et même reniée.

Quand j'avais de nouveau entendu le murmure des prières de ma grand-mère, Claire ne vivait déjà plus avec moi, mais à Oxford.

Lors de l'une de nos brèves rencontres à Paris, comme elle m'annonçait qu'elle allait publier un premier article dans la *Revue des études islamiques*, j'avais ri d'aise, lui disant qu'elle pourrait même, pour comprendre de l'intérieur la civilisation musulmane, se convertir à l'islam ! Après tout, Bonaparte, durant la campagne d'Égypte, avait pensé à se déclarer mahométan. Il s'était bien proclamé catholique pendant la guerre d'Italie, pourquoi pas musulman au Caire ?

J'avais dit admirer cette liberté d'esprit née du siècle des Lumières.

Claire m'avait cinglé d'un méprisant :

– Tu ne crois à rien. Pourquoi vis-tu, alors ?

– Par curiosité, pour jouir du spectacle des choses et des êtres, avais-je répondu, fier de moi.

Je me suis souvenu de la grimace de dégoût de Claire, comme si j'avais prononcé une obscénité, quand je lui avais demandé à quoi elle croyait.

Elle m'avait répondu qu'elle partait. Elle s'était levée et m'avait lancé tout en s'éloignant qu'elle m'expliquerait plus tard, quand le moment serait venu.

Sa lettre – sa réponse – était là dans le tiroir entrouvert de mon bureau. Et ma culpabilité était si lourde, ma peine si grande que je ne pouvais qu'approuver son réquisitoire.

J'étais, nous étions hypocrites et prédateurs, nous torturions les musulmans dans des prisons secrètes, nous caricaturions leur Prophète, nous n'avions pas le courage d'avouer que nous pensions que nos religions, juive ou chrétienne, étaient les seules justes et vraies, que l'islam n'était à nos yeux qu'une mise en mots de la barbarie et des instincts.

J'étais, nous étions égoïstes.

Nous nous précipitions pour porter assistance aux victimes des tsunamis d'Indonésie et de Malaisie parce que les vagues y avaient détruit les hôtels de luxe et que nos coreligionnaires, nos compatriotes avaient été emportés par le raz-de-marée, que d'autres étaient ensevelis sous les décombres.

Comme nous avions été généreux avec les nôtres !

Mais que dix, vingt, cent fois plus de victimes musulmanes agonisent dans le Cachemire après un tremblement de terre, meurent de faim et de froid, soient laissés sans soins, et nous détournions les yeux, nous n'organisions aucune de ces soirées de charité télévisées qui nous émeuvent tant et nous arrachent larmes et euros.

Les musulmans du Cachemire pouvaient crever et c'étaient les islamistes qui leur portaient secours, ceux-là mêmes qui appelaient au djihad contre nous, aidaient les Taliban, perpétraient des attentats, formaient dans leurs écoles coraniques des fanatiques.

Je voulais tant comprendre et ne pas désavouer Claire, que j'en venais à justifier l'action des terroristes.

Trois mille morts à New York ? Et plus de cent mille en Irak ! La fabrication de bombes atomiques en Iran ? Et combien d'ogives nucléaires dans les arsenaux d'Israël, dans ceux de l'Inde ? Combien dans les bunkers des États-Unis, de la Russie, de la France, de la Chine et de la Grande-Bretagne ?

Et qui se souciait du Pakistan ? Innocent ? Inoffensif parce que chien de berger au service des États-Unis ?

J'absolvais Claire ! Elle n'était pas du côté du mensonge, de l'hypocrisie, de la puissance, mais auprès de ceux qui aspiraient à changer l'ordre du monde.

Parfois, je fermais le tiroir d'un coup sec.

Je savais bien que j'avais tort.

L'inégalité régnait entre l'Occident et l'Orient, le Nord et le Sud, mais elle était plus cruelle encore au sein des États islamiques oppresseurs, tortionnaires, totalitaires.

Comment pouvais-je, même désemparé, désespéré, même s'il s'agissait de ma fille et si

j'étais coupable, accepter de sa part un tel aveuglement ?

Claire était l'adepte d'une religion qui faisait du
fanatisme son ressort et sa force. Je devais l'empêcher de s'enfoncer dans cette régression.

Elle était l'épouse de Malek Akhban, mais que
valait ce mariage dès lors que son mari sexagénaire
était polygame ?

Je ne devais pas me laisser entraîner à mon tour
vers le fond. Elle se noyait ? Devais-je me noyer
avec elle ou tenter de la sauver ?

V

Ainsi n'ai-je cessé de penser à Claire.

J'avais repris mes cours, mais il suffisait du visage d'une étudiante assise au premier rang, dans cet amphithéâtre trop petit et surchauffé, pour que le souvenir de ma fille comme un voile noir me recouvre.

J'étais contraint de m'interrompre. Il me fallait plusieurs secondes pour retrouver la phrase perdue et je recommençais à parler sans entrain, hésitant. Je m'irritais. J'interpellais les étudiants, leur reprochais leur inattention. Ils protestaient. Je leur donnais l'ordre de sortir. Une voix me lançait : « Raciste ! »

Et je me rendais compte qu'en effet, j'avais pris pour cibles des Maghrébins entourant une jeune femme voilée.

Bientôt, c'était le tumulte. D'une certaine manière, cette violence autour de moi, ces visages agressifs, ces bousculades au pied de l'estrade me calmaient.

J'agissais. Je ne macérais plus avec complaisance dans le désespoir. Je ne me vautrais plus dans l'approbation masochiste de la conversion de Claire. J'oubliais ma culpabilité grandiloquente, ma repentance pitoyable.

Je faisais face, injuste, défiant ce petit groupe qui m'insultait, qui m'accusait d'avoir osé dire : « Robert de Sorbon n'était pas un musulman. Ici, c'est encore une université française, et j'y enseigne comme je l'entends. Lancez contre moi une fatwa, si vous le voulez ! »

Le président de l'université m'a convoqué, s'inquiétant de mon état de santé, condamnant mes provocations.

– Vous, Nori, un humaniste, un homme de la tradition des Lumières, un historien, métier qui incline à la lucidité, à la mesure... qu'est-ce qui vous prend ?

Il se demandait si je ne recherchais pas l'incident, le scandale. Étais-je en mal de notoriété ? Il ne laisserait pas détruire l'équilibre précaire qu'il réussissait à maintenir au sein de l'institution.

– Vous voulez quoi, Nori ? Qu'on mette aussi le feu à la Sorbonne ? Les banlieues, ça ne vous suffit pas ? Vous rêvez à quoi : à la Commune, à

Paris en flammes, avec trente mille fusillés ?
Prenez donc du recul, allez enseigner quelque
temps à l'étranger...

Je n'ai pu lui répondre qu'en répétant d'une voix
étranglée :

– Je comprends, je comprends... Tout ira bien.

J'ai retraversé la cour de la Sorbonne à pas lents.
Je me souvenais de ces affiches, des drapeaux
rouges et noirs couvrant les murs de la biblio-
thèque, la façade de l'église, les statues.
Ici, en Mai, j'avais pris plusieurs fois la parole.
Nous jouions à la révolution. C'était notre tradition
nationale, européenne, occidentale. Nous nous
réclamions de Trotski pour en finir avec Staline.
Même quand certains d'entre nous brandissaient le
Petit Livre rouge, se disaient maoïstes, c'était pour
affirmer leur fidélité à Marx, lecteur de Hegel, notre
Marx juif et rhénan, européen.

Alors que Claire, c'était le Coran qu'elle lisait !
Mahomet ou Mohammad était son Prophète !
Elle ne franchissait pas une étape de plus sur la
route du progrès – nous parlions ainsi, autrefois –,
elle s'enfonçait dans la régression. Elle quittait les
bords du Rhin pour le désert ! Elle scandait
« Allah Akhbar ! » Et certains de ses « frères »
brûlaient des écoles maternelles, des gymnases,
tentaient d'incendier une église au prétexte qu'on

avait profané des mosquées. Ils tuaient parce que des Danois avaient caricaturé le Prophète.

Je mêlais ma souffrance et ma déception privées à l'actualité, et m'arrachais peu à peu à ce sentiment d'impuissance, à cet esprit de démission dans lesquels je m'étais complu.

Je ne voulais plus m'agenouiller, vaincu qui baisse la nuque, attendant que le cimeterre lui tranche la tête.

Je demeurais fidèle à notre histoire, à la Réforme, aux Lumières, à Voltaire.

J'allais me battre, et j'ai réorganisé ma vie dans cette perspective.

L'université de Genève était prête à m'accueillir pour quelques mois. Et la facilité inattendue avec laquelle j'obtins cette invitation – le président de la Sorbonne avait dû peser de tout son poids pour me l'obtenir – me parut un signe favorable.

Je serais auprès de Claire. J'enquêterais sur ce Malek Akhban, son clan, son passé, sa banque.

J'arracherais Claire à son emprise. Il fallait la désintoxiquer, car le fanatisme est une drogue.

Comment aurais-je pu accepter que ma propre fille incarnât cette régression, qu'elle rejetât ce que Voltaire, en 1764, dans son *Dictionnaire philosophique portatif*, avait dévoilé, stigmatisé ?

Pouvait-on tolérer, au nom d'un prétendu respect des autres et de leurs croyances, cette « peste des âmes » ?

J'ai relu Voltaire avec angoisse. Il écrivait : « Lorsqu'une fois le fanatisme a gangrené un cerveau, la maladie est presque incurable. »

Claire l'était-elle ?

« Que répondre, ajoutait Voltaire, à un homme qui vous dit qu'il aime mieux obéir à Dieu qu'aux hommes, et qui, en conséquence, est sûr de mériter le Ciel en vous égorgeant ? »

Jamais phrase écrite au XVIIIᵉ siècle ne m'avait paru plus actuelle. Les islamistes égorgeaient devant les caméras de télévision. Et Claire les avait rejoints !

Mais c'était ce Malek Akhban que je devais combattre, c'était de ses mains que je devais arracher Claire.

Il était coupable, manipulateur.

« Ce sont d'ordinaire les fripons qui conduisent les fanatiques et qui mettent le poignard entre leurs mains », avait constaté Voltaire avec son implacable lucidité.

Le relire m'incitait à condamner et à mépriser ceux qui baissaient la tête devant le fanatisme sous prétexte qu'il était une foi aussi respectable que les autres !

Ils invoquaient la tolérance alors que seules la peur et la lâcheté dictaient leur attitude.

Je combattrais.

Je n'ai pas dévoilé mes objectifs à Zuba Khadjar. Je ne lui avais rien promis. J'ai joué les amants lassés. J'ai invité une jeune Russe à s'installer rue Maître-Albert. Et j'ai proposé à Zuba de lui louer le petit appartement contigu au mien.

Elle m'a dévisagé sans me poser aucune question et je me suis inquiété de son silence, de son acceptation. J'ai eu le sentiment qu'elle n'ignorait rien de ce qui me tourmentait.

J'ai tenté de donner le change ; je lui ai présenté la jeune Russe. J'ai murmuré que j'avais toujours été polygame, que je ne le lui avais d'ailleurs pas caché.

– Convertis-toi à l'islam, avait lâché Zuba Khadjar en se levant.

Sur le seuil, j'ai voulu lui fournir quelques explications. Elle a posé sa paume sur ma bouche.

– Je ne veux rien savoir, mais tu peux compter sur moi. Fais ce que tu dois, reste sur tes gardes. Ils sont déterminés. Si tu les gênes, ils t'écarteront et te tueront.

J'ai voulu la suivre, la retenir, l'interroger, mais elle avait déjà refermé sa porte.

VI

J'ai su que je serais seul à mener cette guerre. J'aurais pu y entraîner Zuba Khadjar, mais je la devinais aussi vulnérable que tourmentée. Elle ne m'avait rien confié de son passé, mais j'étais persuadé qu'elle avait été blessée et que ses plaies intimes étaient encore ouvertes.

Elle était musulmane, mais sa famille avait été martyrisée par les Gardiens de la révolution des Ayatollahs. Elle combattait l'islamisme, les mœurs barbares, les archaïsmes de sa religion. Elle s'indignait quand l'une de ses étudiantes se présentait voilée. Elle osait contester cette pratique dont elle affirmait qu'elle n'était due qu'à une interprétation fallacieuse du Coran.

On l'avait insultée, menacée, suivie. Elle avait reçu sur son site Internet des dizaines de courriers haineux ; ses correspondants lui promettaient viol, lapidation et mutilations. Elle était devenue, selon eux, la putain des infidèles.

Durant quelques semaines, un vigile s'était tenu au fond de l'amphithéâtre où elle faisait cours, car j'avais averti la présidence de l'université des risques d'agression qu'encourait Zuba Khadjar.

J'avais pu mesurer à cette occasion la prudence, voire la lâcheté de certains de ceux qui avaient en charge la vie de l'université.

Ils avaient reproché à Zuba Khadjar d'avoir, de par son attitude injustifiable et illégale, violé les droits des étudiants. Ceux-ci étaient des adultes libres de se vêtir à leur gré et d'interpréter leur religion comme ils l'entendaient.

Zuba Khadjar en avait été ulcérée.

– Ils céderont sur tout, m'avait-elle confié. Ils ont peur. Il s'est passé exactement la même chose en Iran.

Cependant, elle restait solidaire de sa communauté, m'accusant de tenir des propos racistes, de me gargariser de grands mots – Liberté, Égalité, Fraternité ! – et de ne pas dénoncer les discriminations dont souffraient les musulmans.

J'avais retrouvé sous la plume de Claire des termes et des arguments qui m'avaient fait penser à ceux utilisés par Zuba Khadjar.

Je ne voulais donc pas qu'elle s'engageât dans mon combat. Mais je savais qu'elle ne me trahirait pas.

D'autres, au contraire, s'éloignaient de moi comme s'ils avaient craint d'être compromis en se montrant à mes côtés.

J'avais dû appeler plusieurs fois Pierre Nagel avant qu'il m'accordât un rendez-vous. Nous nous étions vus chez lui, et non dans une brasserie de la rue des Écoles où nous avions l'habitude de nous rencontrer.

Il m'avait reproché mes déclarations irresponsables, mon évocation de Robert de Sorbon :

– Je te croyais laïque ! Te voici nostalgique des collèges ecclésiastiques ! Mais, mon cher Nori, nous sommes devenus une société multireligieuse, multiraciale ; le christianisme n'est plus qu'un repère parmi d'autres, et tu l'as utilisé pour exclure, stigmatiser des citoyens français !

J'avais tenté de me justifier, mais il s'était emporté.

Ces musulmans étaient à juste titre des écorchés vifs, m'avait-il remontré. Ils demandaient d'abord qu'on les respectât. Ils avaient le sentiment d'être à tout instant condamnés pour ce qu'ils étaient bien plus que pour ce qu'ils faisaient. Et la situation internationale, ce qu'ils en voyaient, cette unanimité qui se faisait contre eux, ce « deux poids, deux mesures » – aux uns les bombes atomiques, aux autres l'interdiction d'en produire – les révoltaient.

Je l'avais interrompu et à mes questions il avait répondu qu'en effet, il craignait de se montrer à mes côtés, car il y perdrait sa réputation d'objectivité, la confiance de ses collègues, celle de ses étudiants musulmans, et même l'accès aux sources indispensables à ses recherches.

– Chacune de mes phrases et de mes analyses sont étudiées. Je dois avancer avec prudence, si je veux être écouté.

Avec réticence, il m'avait donné quelques renseignements sur la biographie de Malek Akhban. Je devais m'intéresser à Nasir Akhban, le père de Malek, le fondateur de la World's Bank of Sun.

Il ne voulait pas m'en dire davantage, car il avait toujours considéré qu'écrire sur l'islam, comprendre les subtilités de cette religion, les stratégies des hommes et leurs rivalités, supposaient un long apprentissage – en fait, toute une vie d'étude, la connaissance de la langue, une lente imprégnation des fondements de la civilisation musulmane. À défaut, la réalité était masquée par les bavardages irresponsables de gens qui, profitant de circonstances difficiles, dissertaient sur l'islam, tenaient des propos caricaturaux, péroraient sur les plateaux de télévision en empochant des droits d'auteur.

Naturellement, avait-il ajouté, ce n'était pas mon cas, mais il me conseillait de ne pas aborder ce sujet où je n'avais rien à gagner et tout à perdre. J'avais la chance de travailler sur l'Empire romain à propos duquel on ne s'égorgeait plus !

Il avait lu les différents articles que Claire avait publiés dans la *Revue des études islamiques*. Ils étaient remarquables, mesurés, et avaient été traduits dans plusieurs pays arabes, signe qui ne trompait pas.

– Dans quel sens ?, avais-je remarqué.

Il avait eu un geste vague accompagné d'un sourire complice.

– Ils l'ont reconnue, acceptée. Elle va voir s'ouvrir les bibliothèques, les universités. Ils sont riches et savent se montrer généreux.

J'avais hésité à lui dire qu'elle était la quatrième épouse de Malek Akhban, mais peut-être le savait-il déjà ?

J'ai alors laissé entendre qu'elle envisageait de se convertir à l'islam.

Il a levé les bras en s'exclamant : c'était une excellente nouvelle pour Claire, mais aussi pour la recherche française. Nous avions eu des arabisants remarquables, mais catholiques, pour la plupart très compréhensifs à l'égard de l'islam. Mais un chercheur qui se convertissait, quelle satisfaction pour tous les musulmans qui souffraient du

73

manque de considération, du rejet de leur religion ! Ils soupçonnaient les chercheurs « infidèles » d'être le plus souvent des ennemis de l'islam qui ne retenaient de sa millénaire histoire que ce qui renforçait leurs préjugés, leur réquisitoire. Ils instruisaient à charge, mêlant la partialité à la suffisance.

– En somme, ai-je répondu, il faut capituler, les rallier, reconnaître leur supériorité pour obtenir la paix ?

J'exagérais, avait protesté Nagel.

Il m'avait à nouveau expliqué que nous vivions une période de transition semée d'embûches et qu'il fallait favoriser toutes les initiatives pour qu'elle se déroulât de manière pacifique.

– N'oublie jamais, m'avait-il dit en me raccompagnant, que tu ne t'exprimes pas seulement en ton nom propre. Tu es vu, entendu comme un Occidental, et, quoi que tu fasses, comme un infidèle, donc de ceux que les islamistes appellent les croisés. À toi, par tes propos, tes écrits, de faire comprendre que le temps des croisades est révolu, que tu ne crois pas au « choc des civilisations », mais à leur dialogue. On t'écoutera avec d'autant plus d'attention et de bienveillance que ta fille s'est convertie.

– Elle a choisi de s'appeler Aïsha.

Nagel avait hoché sentencieusement la tête.

– Bien, très bien !, avait-il approuvé, l'épouse préférée du Prophète...

Laure, la mère de Claire, m'a dit elle aussi qu'elle trouvait ce prénom merveilleux. Claire, c'était par trop conventionnel ! C'était bien d'un Italien d'avoir choisi ce prénom-là comme pour corriger le patronyme Nori qui sentait son Sicilien.

Ainsi avait commencé notre conversation téléphonique. Aïsha, avait-elle ajouté à son tour, était la plus jeune des épouses du Prophète.

C'était moi qui avais téléphoné, la veille de mon départ pour Genève. Nous ne nous étions pas parlé depuis près de deux ans.

J'ai simplement répondu :

– Il faudrait que nous parlions un peu de Claire.

– Claire ? Aïsha, vous voulez dire !, s'est-elle exclamé.

Elle a choisi le vouvoiement qu'elle utilisait chaque fois qu'elle désirait me témoigner son indifférence et son mépris. Et elle a continué de parler de sa voix suraiguë, railleuse ou indignée.

Naturellement, je n'avais pas compris la décision de Claire !, expliquait-elle. Mais elle n'en était pas étonnée. Je ne m'étais jamais intéressé aux autres. À elle, soit, mais pas davantage à Claire. On ne prête attention aux autres que si on les aime. Or j'étais incapable d'aimer, parce que je ne croyais en rien, j'étais un cynique doublé d'un égoïste.

– Et vous n'avez pas compris que Claire était, comme moi, une mystique, qu'elle avait besoin d'échapper à ce matérialisme dont vous êtes l'incarnation. Ce n'est pas par hasard que vous avez tant écrit sur le paganisme romain. Voilà la civilisation qui vous convient ! Claire ne le supportait pas, et moi non plus. Je suis catholique, elle l'était. Elle est devenue musulmane ; pourquoi voulez-vous que cela me choque ? Il n'y a qu'un seul Dieu, et les musulmans reconnaissent l'existence de Jésus et de Marie, et le pape rassemble autour de lui les représentants de toutes les religions du Livre ! L'essentiel, c'est la foi en un dieu unique : Abraham, Jésus, Allah ? La différence n'est pas entre juifs, chrétiens ou musulmans, mais entre ceux qui croient et les sans-Dieu comme vous.

J'ai eu la tentation de raccrocher, mais peut-être avais-je aussi envie d'être fustigé, d'entendre les commentaires de Laure quand j'ai murmuré le nom de Malek Akhban, vieux polygame dont Claire n'était que la quatrième épouse.

– Et vous, s'est-elle indignée, vous étiez, comme vous disiez en me blessant atrocement, un « polygame de fait », à la tête d'un « harem informel », et maintenant vous voici scandalisé ? Mais Malek Akhban n'a rien caché à Claire. Il ne l'a ni trompée ni trahie. Il l'a respectée en lui disant ce qu'il en était, en lui expliquant les règles de leur religion ! Vous — elle a ricané —, vous aviez combien de femmes dans votre « harem informel » ? Je n'étais pas la quatrième, mais bien la septième ou la huitième ! Et ne me parlez pas de l'âge de Malek Akhban ! On me dit que votre dernière conquête — votre assistante ! — est une jeune femme qui n'a pas trente ans, et musulmane de surcroît. Et vous vous inquiétez pour Claire ? Décidément, votre mauvaise foi et votre hypocrisie se sont aggravées, avec les années. Moi, je comprends, j'approuve Claire, je suis heureuse pour elle. Elle est entrée dans une vraie grande famille, celle que vous n'avez pas été capable de lui donner. Et dans une religion forte qui ne se renie pas, au contraire des autres et d'abord de la mienne !

Elle a repris son souffle, puis ajouté :

— Nous nous sommes tout dit, n'est-ce pas ?

Et elle a raccroché.

Je n'avais donc pas d'alliés.

Deuxième partie

VII

Je regardais couler les eaux boueuses du Rhône et écoutais Malek Akhban déclarer dans un français limpide :

– La bannière de l'Islam doit couvrir le genre humain !

La voix était posée, résolue, et malgré la mauvaise qualité de l'enregistrement ou de mon lecteur de cassettes, elle était nette et semblait proche, comme le chuchotement d'une confidence, d'un secret.

J'arrêtais le lecteur puis faisais redéfiler la bande tantôt vers l'amont, tantôt vers l'aval.

Je notais :

« L'islam est dogme et culte, patrie et nationalité, religion et État, spiritualité et action, Coran et sabre. »

Et Malek Akhban continuait en expliquant et décrivant le sens, l'histoire et la grandeur de la civilisation musulmane.

Il concluait chaque fois par la même phrase qui devenait ainsi, à force d'être répétée et entendue, une incantation, une prédiction : « La bannière de l'Islam doit couvrir le genre humain ! »

Je me levais. J'allais jusqu'à la fenêtre que je laissais la plupart du temps ouverte, comme si j'avais voulu que cette rumeur du Rhône coulant au pied de l'immeuble que j'habitais, quai du Seujet, accompagnât le prêche de Malek Akhban.

J'étais arrivé à Genève quelques semaines auparavant et avais loué ce petit appartement situé au dernier étage, dans ce quartier calme, à deux ou trois cents mètres de la rue de l'Encyclopédie, de l'institut Voltaire et de la rue des Délices où le philosophe avait habité. Ce voisinage avait influencé mon choix.

J'étais, je serais voltairien. L'affaire Claire Nori serait mon affaire Calas ! J'allais y consacrer toutes mes forces, donner enfin à ma fille ce que je lui avais jusqu'alors refusé.

J'avais installé ma table de travail devant la fenêtre. Il me suffisait de lever les yeux pour apercevoir le sommet du jet d'eau qui jaillissait du lac et éclatait à plus de cent trente mètres de haut en une gerbe que le soleil irisait.

Au-delà, la chaîne des cimes enneigées des Alpes fermait l'horizon. Et j'imaginais que l'un de ces glaciers était celui de la Furka où j'avais été autrefois, en compagnie de Claire, afin de lui faire découvrir ce mince filet d'eau bouillonnante : le Rhône à ses origines.

Entre les quais de Genève, il n'était pas encore un grand fleuve, mais ce n'était déjà plus un torrent alpin. Puissant et rageur, son courant rapide avait une vigueur juvénile, les tourbillons heurtaient les quais avec force. Cette violence joyeuse me fascinait. Je longeais le quai des Bergues jusqu'au quai du Mont-Blanc qui borde le lac aux eaux le plus souvent calmes.

Je pensais à ce Rhône qui, au fond du lac, creusait son lit, se frayait passage, paraissant se mêler aux eaux plus chaudes du lac, s'y perdre, mais qui réapparaissait tout à coup, vigoureux, acceptant encore d'être canalisé, mais filant à grande allure pour devenir ce fleuve majestueux qui rejoindrait la mer en un immense delta.

De ma table de travail, je pouvais voir la chaîne des Alpes et une partie du lac, et, en me penchant un peu, apercevoir le torrent dont la rumeur entrait à pleins flots dans la pièce ; et il me fallait augmenter le son de mon lecteur de cassettes pour entendre Malek Akhban déclarer :

« Notre slogan ne cessera d'être : Dieu est notre but. Le messager de Dieu est notre guide. Le Coran est notre Constitution. L'effort est notre chemin. La mort sur le sentier de Dieu est notre souhait ultime. »

Je m'indignais : c'était ce prédicateur-là que l'on disait modéré et réformateur, partisan de la modernisation de l'Islam ?

Mais, en lisant le livret qui accompagnait chaque cassette, je découvris que Malek Akhban n'était pas l'auteur des textes qu'il citait. Néanmoins, expliquait-il, il fallait les connaître pour comprendre la civilisation musulmane. Et il ajoutait : « Pourquoi serions-nous la seule culture, la seule religion à devoir se couper de ses racines et à censurer ses fondateurs ? Nous voulons être de notre temps, mais nous ne le pouvons que si nous sommes fidèles à nos origines, donc si nous les connaissons. »

J'ai mieux mesuré l'habileté de Malek Akhban et la naïveté de ceux qui le présentaient comme un penseur et un banquier, un historien et un philosophe désireux d'instaurer un partenariat avec l'Occident afin d'éviter cette malédiction et cette tragédie que serait le « choc des civilisations ».

On l'accueillait donc avec les honneurs dus à un prédicateur influent, aussi bien à Paris et à Londres qu'à Rome.

On applaudissait en lui le représentant des nouvelles générations musulmanes, ouvertes sur le monde moderne, maîtrisant et utilisant toutes ses techniques, l'homme qui allait enfin aider à la naissance d'un Islam européen !

Il se gardait bien, en effet, de faire l'apologie du terrorisme. Il se contentait de reprendre, sous couvert d'Histoire, les propos les plus radicaux des prédicateurs musulmans pour qui « la mort sur le sentier de Dieu est notre souhait ultime ».

Qu'est-ce que cela signifiait d'autre, sinon que l'on devait se sacrifier pour Allah ? Et n'était-ce pas là, avec la haine, l'autre ressort des kamikazes ?

J'avais découvert ces cassettes en suivant un groupe d'étudiantes voilées qui quittaient l'université en même temps que moi.

Il m'avait semblé que l'une d'elles aurait pu être Claire. C'était absurde, mais la silhouette, la démarche de cette jeune femme, sa manière de tourner la tête avec vivacité m'avaient fait douter de ma raison qui concluait à l'impossibilité d'une telle rencontre.

Ç'avait été comme si j'avais été brusquement saisi par un accès de fièvre, les joues empourprées, les yeux obscurcis.

Je m'étais persuadé qu'il s'agissait bien de ma fille, mais je n'avais pas osé me rapprocher, l'interpeller, non parce que je doutais de son identité, mais parce que je craignais qu'elle me repoussât.

J'avais prié – j'en étais arrivé là – pour qu'elle se retournât, me découvrît, s'avançât vers moi.

À imaginer cette scène, les premiers mots échangés, j'en avais frémi.

Et puis les étudiantes étaient entrées dans une librairie située à une centaine de mètres des bâtiments de l'université.

Je ne les avais pas suivies, mais, immobile devant la vitrine, je les avais enfin vues de face. Et j'avais eu le sentiment d'être écrasé par la déception ; j'aurais pu même me coucher par terre, tant ma lassitude était grande.

Tout à coup, alors que je baissais la tête, j'avais vu dans la vitrine ce portrait d'un homme au visage fin, au front dégarni, aux cheveux blancs, au regard droit. Le visage était avenant mais cependant comme estompé, donnant ainsi l'impression de se cacher afin qu'on ne retînt de ses traits qu'une vague sensation de douceur.

Le nom de Malek Akhban occupait le fond de la vitrine dans laquelle étaient superposés des alignements de cassettes : « L'intégrale des conférences de Malek Akhban ».

J'ai pensé que j'avais été « guidé » jusque-là, que ce n'était pas par hasard que j'avais cru reconnaître Claire.

« On » avait voulu me faire découvrir cette librairie, ces cassettes. Je n'avais pas été au-delà de cette certitude.

Je suis entré. J'ai acheté une dizaine de cassettes. Quand j'ai payé, le libraire – un homme jeune portant un mince collier de barbe –, me dit en me rendant ma carte bancaire qu'il était honoré de ma visite. Il avait lu plusieurs de mes livres. L'Empire romain le passionnait.

Il m'a conseillé d'écouter la cassette n° 6 dans laquelle Malek Akhban citait des textes reflétant le point de vue islamique sur l'Empire romain.

– Peut-être ne serez-vous pas d'accord, Monsieur le Professeur. Mais vous êtes un esprit sans préjugés. Cette façon de voir, non occidentale, vous intéressera.

Au moment où je m'apprêtais à quitter la librairie, un homme d'une cinquantaine d'années s'est approché de moi, se plaçant de telle manière qu'il me contraignit à m'immobiliser. Je n'appréciais pas l'autorité onctueuse avec laquelle il m'interrogea, se présenta comme étant le professeur Karl Zuber, titulaire de la chaire « Histoire de l'Islam » à l'université, si heureux de rencontrer son collègue le professeur Julien Nori dont la notoriété, etc.

J'ai fait un pas vers la sortie, mais il m'a suivi.

Il s'était, me dit-il, interrogé depuis longtemps sur les liens de parenté qui m'unissaient à Claire

Nori, une jeune et remarquable historienne qu'il avait d'ailleurs invitée à donner des cours à l'université dans le cadre du séminaire qu'il animait. Et auquel il me conviait.

Celle-ci avait refusé, pour l'instant en tout cas.

Il s'interrompit, penchant un peu la tête, me dévisageant de ses yeux plissés, les lèvres en avant comme pour savourer à l'avance ce qu'il allait dire.

– Claire Nori – mais vous le savez sans doute, n'est-ce pas ? – venait de se marier avec une personnalité exceptionnelle, Malek Akhban, qui jouait un rôle décisif dans les rapports entre Islam et Occident.

C'était, à entendre Zuber, la question majeure, celle qui allait être au centre des relations internationales au cours des prochaines décennies. Akhban était l'un des rares hommes capables d'empêcher la confrontation entre civilisations, une guerre, en fait, déjà commencée en Irak, vers laquelle, avec leur brutalité coutumière, les Américains nous conduisaient.

– Vous connaissez Akhban, j'imagine ? J'ai assisté à plusieurs de ses conférences.

Il montra le sac que je portais, dans lequel se trouvait la dizaine de cassettes que je venais d'acheter.

– La France est au centre de ses préoccupations. Akhban dit avec raison que tout dépend de l'attitude qu'elle adoptera. C'est chez vous qu'est établie la plus forte communauté musulmane d'Europe – cinq millions, n'est-ce pas ?

Je me contentai de hocher la tête, la gorge nouée, incapable de parler.

– Ce mariage entre Claire Nori et Malek Akhban, reprit-il, est un acte d'une immense portée symbolique. Vous ne trouvez pas ? C'est le signe fort de l'apparition d'un Islam européen, de cette fusion entre nos cultures. Vous savez sans doute que Claire Nori s'est convertie ?

– Ma fille, suis-je parvenue à marmonner.

Il a d'abord feint la confusion, puis m'a avoué à voix basse, d'un ton complice, qu'il l'avait appris de la bouche même de Malek Akhban, lequel avait manifesté un grand respect pour celui qu'il avait appelé « le considérable professeur Nori ». Akhban était un moderniste, mais respectueux des traditions, et donc naturellement du père de sa femme.

Karl Zuber m'accompagna sur une dizaine de mètres, me donnant sa carte, m'invitant à collaborer à la revue *Rencontre des cultures* qu'il dirigeait et que Malek Akhban finançait.

Il s'est enfin éloigné et je suis resté un long moment immobile, éprouvant une oppressante sensation d'impuissance.

Puis j'ai longé les quais, m'arrêtant presque à chaque pas pour regarder les remous du Rhône.

Jamais le courant ne m'avait paru aussi rapide, les eaux brunes aussi tumultueuses, ma solitude aussi grande.

VIII

J'ai douté à nouveau.

La nuit était tombée. La rumeur du Rhône semblait s'amplifier, faisant refluer tout le silence sans que plus un seul bruit ne s'opposât à elle. Obstinée, entêtante, la voix de Malek Akhban répétait :

« Nous voulons rassembler toutes les parties de cette Patrie islamique que la politique occidentale s'est évertuée à séparer et que les convoitises européennes ont égarées et enfermées à l'intérieur de frontières. Nous rejetons donc tous les accords internationaux qui transforment cette Patrie islamique en un ensemble de petits pouvoirs... »

Malek Akhban entrelaçait si habilement ses propos aux citations des penseurs radicaux de l'Islam qu'il était impossible de savoir s'il priait en son nom, lisant les textes qu'il avait écrits, ou si, au contraire, il rapportait les propos de Hassan Al

Banna, le fondateur de la confrérie des Frères musulmans, ou encore ceux de Nasir Akhban, son propre père.

Par l'une des notices qui accompagnaient les cassettes, j'avais appris que Nasir Akhban, en même temps qu'il fondait la World's Bank of Sun, avait créé sa propre confrérie, celle de la *Futuwwa*, née d'une scission d'avec des Frères musulmans.

La *Futuwwa* était une organisation discrète, hiérarchisée, dont Nasir avait été le Grand Maître. Sans que cela fût dit explicitement, on suggérait que Malek Akhban, à la mort de son père, lui avait succédé non seulement à la tête de la banque, mais au sommet de la hiérarchie de la *Futuwwa*.

J'étais saisi par le découragement : comment arracher Claire à ce réseau, à la croyance nouvelle qu'elle avait librement choisie, à ce fleuve dont la puissance, la dynamique devaient l'enivrer et l'emporter ?

De quel droit d'ailleurs l'aurais-je fait ?

Peut-être l'heure était-elle venue de l'Islam ?

Peut-être cet équilibre si difficilement atteint entre foi et raison, dont il me semblait que le christianisme était l'expression, était-il rompu et en revenait-on au règne des émotions, d'une foi simple et rude, brutale, instinctive, rejetant tout ce qu'on avait cru et admis.

On contestait Darwin aux États-Unis et les premières oppositions à la théorie de l'évolution se faisaient jour en Europe.

Adieu, Buffon ! Adieu, Voltaire !

J'étais en plein désarroi.

Plusieurs fois, depuis mon arrivée à Genève, je m'étais rendu rue des Délices. J'étais entré dans le parc situé au n° 25 de cette petite rue. Là, dans cette demeure cachée en partie par les arbres, avait vécu Voltaire.

J'avais parcouru la bibliothèque, lu les pages des manuscrits exposés. Je m'étais arrêté devant les bustes du philosophe.

J'avais été fasciné par son sourire sarcastique, cet air espiègle et malicieux, la joie qui émanait de son visage tel que Houdon l'avait sculpté.

Peut-être était-ce cela qui me manquait : la joie, le sens de la dérision, ces formes extrêmes du courage de l'âme face à cette vie aussi fugace qu'une ombre ?

Mais, à chaque fois que je m'étais retrouvé seul chez moi, l'accablement m'avait repris.

Sur l'écran, les images se succédaient, écho multiplié à l'infini des violences : voitures incendiées ; corps mutilés saignant dans les rues des villes sur tous les continents, de Londres à Bagdad ; foules en furie saccageant les ambassades européennes.

Qui lisait encore les mots de la raison ?
Adieu, Spinoza ! Adieu, Voltaire !
Place à l'Islam, ce grand fleuve en crue !
Place à Malek Akhban !

À l'écouter, j'étais partagé entre l'étonnement et l'effroi, l'incompréhension, l'indignation et la révolte.

Il osait dire – ou citait un texte de Nasir Akhban ou de Hassan Al Banna – que « tout carré de terre où il y a un musulman qui prononce "Il n'y a pas de divinité si ce n'est Dieu lui-même", constitue notre Grande Patrie, que nous nous efforcerons de libérer, de soustraire à cette emprise, celle de l'Occident, de délivrer de cette tyrannie et d'en rassembler l'ensemble des parties ».

Je faisais à nouveau défiler la bande de l'enregistrement vers l'amont, puis vers l'aval. Je notais et relisais.

Cela signifiait que là où vivait un seul musulman, là devait donc s'étendre l'Empire islamique ?

Qu'en somme, puisque la France comptait, disait-on, cinq millions de musulmans, elle devait, plus que toute autre nation, faire partie de cette communauté, de cette « patrie islamique » ?

Et, dès lors, toutes ces mesures édictées depuis des décennies en faveur de ce qu'on appelait l'intégration, étaient vaines, puisque le croyant avait pour devoir de transformer le lieu où il résidait en terre d'Islam, et que, pour que la paix règne sur ces territoires, il fallait s'intégrer… à la foi islamique ?

Sinon, c'était au mieux l'« armistice » – *Dar al Suhl –*, en attendant la guerre de conquête !

Et parce que j'avais le sentiment que rares étaient ceux qui avaient osé comprendre et dénoncer cette logique, j'éprouvais la tentation de me laisser entraîner moi aussi par le fleuve Islam.

Pourquoi pas ? La foi rassure. La communauté protège. On y sent la chaleur fraternelle des frères et des sœurs.

C'est ce qu'avait recherché Claire, et qu'elle avait trouvé !

Pourquoi briser ce cocon dans lequel elle s'était lovée ?

J'ai enfin écouté cette cassette n° 6 que le libraire m'avait conseillée.

Malek Akhban s'y exprimait avec solennité, indiquant pour la première fois avec netteté que ce texte était de Hassan Al Banna, fondateur de la confrérie des Frères musulmans, qu'il avait écrit dans les années trente, quand Mussolini et Hitler, le fascisme et le nazisme, régnaient en Italie et en Allemagne. Il fallait donc tenir compte de ces circonstances historiques pour apprécier ces textes. Mais, répétait Malek Akhban, leur sens profond demeurait, et c'est lui qu'il fallait méditer, dont il fallait s'inspirer.

« Le Reich allemand s'impose comme protecteur de tous ceux dont le sang allemand coule dans les veines ? Eh bien, la foi musulmane impose à chaque musulman de protéger toute personne ayant été imprégnée de l'apprentissage coranique », avait écrit Hassan Al Banna.

Pas de solidarité ethnique, insistait Malek Akhban, mais la fraternité entre croyants par-delà toutes les nationalités.

« La croyance représente tout, en Islam. La foi ne se réduit-elle pas à l'amour et à la haine ? »

Claire avait recherché et trouvé l'amour absolu dans la foi, et le revers de sa croyance n'était autre que la haine qu'elle me portait.

Cette foi, les musulmans voulaient la répandre « à tous les horizons terrestres et y soumettre tous les tyrans, jusqu'à ce qu'il n'y ait plus de désordre et que la religion soit entièrement vouée à Dieu ».

Où était la tolérance ?

Adieu, Spinoza ! Adieu, Voltaire ! Adieu, le temps des Lumières !

Je m'indignais en me souvenant des propos de ce Karl Zuber, tout comme de ceux de Pierre Nagel. Leur compréhension, leur prudence, leur apologie du « dialogue des cultures » s'appelaient lâcheté, soumission, et, pourquoi pas, conversion !

Je me cabrais.

Pouvais-je accepter cette capitulation sans conditions telle que Malek Akhban la formulait en se dissimulant derrière des textes anciens pour mieux diffuser sa propre pensée ?

J'ai écouté plusieurs fois la cassette où il évoquait en effet, et de manière singulière, l'Empire romain. Le texte en était sans doute extrait de l'*Épître aux jeunes* de Hassan Al Banna.

« Nous voulons, disait-il, que le drapeau de l'Islam flotte de nouveau au vent et bien haut, dans toutes les contrées qui ont eu la chance d'accueillir l'Islam pendant un certain temps et où la voix du muezzin a retenti.

« Puis, la malchance a voulu que les lumières de l'Islam se retirent de ces contrées qui sont retombées dans la mécréance.

« Donc, l'Andalousie, la Sicile, les Balkans, les côtes italiennes ainsi que les îles de la Méditerranée sont toutes des colonies méditerranéennes musulmanes, et il faut qu'elles reviennent au sein de l'Islam. »

J'ai été à ce point saisi par ces propos que j'ai arrêté le déroulement de la cassette. Avais-je bien entendu ?

J'ai réécouté ce passage. Le sens en était on ne peut plus clair, et la suite le confirmait avec l'impudence du fanatisme :

« Il faut également que la Méditerranée et la mer Rouge redeviennent des mers musulmanes, lisait Malek Akhban. Elles l'étaient auparavant, quand bien même Mussolini s'arrogeait le droit de reconstruire l'Empire romain. Ce soi-disant Empire romain ne s'est constitué que sur des bases de cupidité et de désirs passionnels.

« Il est donc de notre droit de reconstruire l'Empire islamique qui s'est établi par la justice et l'égalité et qui a répandu la lumière parmi les gens. »

J'étais stupéfait devant ce projet de reconquête.

Et c'était l'Occident qu'on accusait de vouloir recommencer les croisades ! C'était moi que Claire ou même Pierre Nagel avaient traité de croisé !

J'étais scandalisé par l'attitude de Malek Akhban qui, de sa voix apaisée, se contentait de lire, sans prendre de distances vis-à-vis de ce texte qui était, de fait, un appel au djihad et qui réaffirmait – ce que j'avais désormais compris en écoutant ces cassettes – que là où un musulman prie ou a prié, là doit s'étendre l'Empire islamique. Entre autres, « ma » Sicile était revendiquée comme terre musulmane !

Et puisque des millions de musulmans vivaient en Europe, il fallait que les territoires où ils priaient deviennent à leur tour partie de cet Empire. C'en était fini des identités nationales ! L'avenir de la France et celui de l'Europe étaient de constituer un assemblage de communautés parmi lesquelles la musulmane s'imposerait parce que guerrière, conquérante, prolifique, obéissant à sa foi, voulant suivre à la lettre son Livre, la parole de Dieu telle que le Prophète l'avait rapportée. Parce qu'elle était « la meilleure des communautés », elle l'emporterait.

Puis je me reprochais de m'enfoncer moi aussi dans le fanatisme, de me soumettre à une logique de guerre qui était celle que voulaient imposer au monde les intégristes de toutes les religions.

Et je ne voulais pas faire à l'islam un procès aussi injuste que celui qui aurait consisté à accuser le catholicisme du XXIe siècle d'être encore porteur d'Inquisition, ou, pire, de cet antisémitisme qui, comme une lèpre, l'avait contaminé et rongé au cours des siècles.

Mais l'Église et ses fidèles avaient fait repentance. Ils en étaient revenus au Christ, à Sa crucifixion, à Sa souffrance, à Son humilité d'homme mortel qui ne ressuscitait en Dieu qu'après avoir gravi le calvaire, écrasé par la croix.

L'Islam, lui, avait pour Prophète un combattant qui n'avait pas hésité à massacrer les rivaux, à enfouir les cadavres de ses ennemis dans des fosses communes. À régner par le verbe, mais d'abord par l'épée.

Les califes n'avaient jamais proclamé qu'il fallait rendre à César ce qui appartenait à César, et à

Dieu ce qui était à Dieu. La guerre musulmane était toujours sainte. L'État musulman devait être régi par la loi divine, la charia.

Les textes lus par Malek Akhban n'étaient donc pas que des documents historiques témoignant d'ambitions et de volontés d'autrefois.

Le terrorisme, les appels au djihad, au sacrifice de soi au nom d'Allah, étaient non pas une histoire révolue, mais notre actualité, notre futur.

New York, Washington, Madrid, Londres : j'avais égrené les souvenirs de ces images de tours et de wagons éventrés.

Et là, dans cette pièce où la rumeur des eaux était si forte que je pouvais croire que le fleuve allait bientôt me submerger, la télévision, quand je l'allumais, s'attardait sur des voitures en flammes, des écoles détruites, des hôtels incendiés, des corps agonisant par dizaines dans les rues, sous les décombres.

Les musulmans étaient plus frappés encore que les infidèles s'ils appartenaient à des pays ne respectant pas la charia, entretenant des relations pacifiques avec le Grand et le Petit Satan, les États-Unis et Israël. Et les sunnites massacraient les chiites.

La reconquête prophétisée et voulue par Hassan Al Banna ou Nasir Akhban, auquel Malek Akhban prêtait sa voix, n'avait-elle pas commencé ?

Dans les Balkans, les monastères et les églises orthodoxes n'étaient plus, dans de nombreuses régions, que des îlots au milieu de populations musulmanes qui avaient recouvert les lieux mêmes où les chrétiens, des siècles auparavant, avaient résisté et refoulé l'invasion de l'Islam.

Je m'étais interrogé une fois encore, essayant d'oublier mes sentiments intimes, la rancune personnelle qui pouvait m'habiter.

Peut-être fallait-il accepter cette crue de l'Islam ?

Peut-être fallait-il se soumettre pour que des guerres cruelles, un « choc des civilisations » n'entraînent pas un chaos dans lequel la terre humaine pourrait se trouver engloutie ?

En historien, il m'avait semblé que je voyais se mettre en place un enchaînement de causes, un engrenage qui avaient conduit inéluctablement, au XXe siècle, à deux guerres mondiales dont l'Islam n'avait été en rien le déclencheur. Mais, cette fois-ci, il en serait l'un des acteurs majeurs, ou à tout le moins, le prétexte utilisé par d'autres puissances.

Alors, subir, courber la tête ? Quitter Genève ? Oublier Claire ? Jouir de ce qui me restait de vie ?

Peut-être était-ce là le destin de l'Occident européen, sceptique, lâche, épuisé par tant de combats, écrasé par une si longue histoire, vieilli, seulement soucieux d'agoniser en paix ?

Je l'ai imaginé – je me suis moi-même imaginé – en retraité aboulique qui ne peut plus se faire obéir ni respecter par de jeunes serviteurs qu'il a autrefois, quand il disposait de la force et de la puissance, traités rudement. Ces jeunes gens découvrent jour après jour ses faiblesses. Alors on ne le sert plus, on le malmène, on le frappe, on le relègue dans une pièce sombre où il va pourrir au milieu de ses déjections.

Les serviteurs, devenus maîtres de la demeure, en changent la décoration et le nom. Et la fille du vieil impotent est devenue l'épouse des vainqueurs jeunes et virils.

Claire Nori s'appelait désormais Aïsha Akhban.

IX

Je n'avais pourtant pu me résoudre à quitter Genève et j'avais erré dans la ville en m'efforçant de croire qu'en allant ainsi au hasard, je finirais par rencontrer Claire.

Je faisais taire ma raison qui me chuchotait que c'était improbable, que je me mentais délibérément, pas assez courageux pour rechercher son adresse qu'il m'eût été facile de trouver, puisque Malek Akhban était un personnage public qui devait habiter, plutôt que Genève, l'une de ces petites villes des bords du lac, Versoix ou Coppet, là où les riches résidents étrangers louaient ou achetaient leurs vastes demeures.

Rentré chez moi, épuisé par ces longues marches vaines, je m'avouais que ma quête n'était qu'un simulacre, que j'avais peur de me retrouver face à Claire, de découvrir ses joues serrées dans un voile noir déformant ses traits, dissimulant sa nuque, ses cheveux.

J'aurais dû alors admettre qu'elle voulait rester Aïsha Akhban et qu'elle me rejetait, me haïssait.

Mais la solitude me chassait hors de l'appartement et je recommençais à arpenter les avenues paisibles de cette ville qui, malgré l'air vif qui balayait les berges et les rues, paraissait assoupie, si loin des guerres, des attentats, des incendies, des haines qui déchiraient ou ravageaient les autres métropoles.

Et pourtant, pourtant, ici même...

Je me suis souvenu d'une visite de la ville et de ses environs que j'avais naguère effectuée en compagnie de Claire.

Elle avait accepté de m'accompagner et même d'assister à la conférence que je devais prononcer au Grand Théâtre.

Elle avait alors une quinzaine d'années et, pour moi, ce n'était encore qu'une petite fille. Elle était assise au premier rang de l'assistance et j'avais parlé pour elle, pour qu'elle se souvienne de l'éloquence et de l'érudition de son père, capable d'évoquer sans notes Jules César quittant − comme il l'avait écrit − « précipitamment Rome, gagnant à marches forcées la Gaule ultérieure, et arrivant à Genève, ville des Allobroges, la plus proche de la frontière helvète et reliée à ce pays par un pont ».

J'avais décrit les légions élevant un mur, creusant un fossé depuis le lac Léman jusqu'au mont Jura, puis les pièges tendus aux Helvètes, les batailles impitoyables, les prisonniers égorgés ou réduits en esclavage.

Le sang avait aussi recouvert la terre genevoise.

Puis j'avais raconté comment, dans cette ville qui s'était voulue capitale de la Réforme, de la lutte contre l'Église catholique qui pourchassait les hérétiques, Calvin avait fait brûler vif Michel Servet, un médecin espagnol à la pensée trop libre, même pour un protestant.

Genève la réformée, la tolérante, avait aussi été la fanatique.

Puis elle était devenue cette cité apaisée où, en bordure du lac, se dressait le palais des Nations ; où, cependant qu'on s'entretuait et qu'on traquait les juifs par-delà des frontières soigneusement cadenassées, ici on croquait des tablettes de chocolat noir en sirotant du thé.

À l'issue de la conférence, j'avais quémandé son sentiment à Claire.

Elle avait haussé les épaules.

– Tu parles bien, avait-elle répondu. Mais qu'est-ce que ça change ?

Je m'étais emporté.

L'histoire de Genève était la preuve qu'avec le temps, les violences finissaient par s'apaiser. Là où les légions romaines avaient massacré, là où Calvin s'était comporté comme un Grand Inquisiteur, pouvaient régner la paix, la liberté de l'esprit. Genève était ainsi source d'espérance.

Claire avait à nouveau haussé les épaules.

– Et tu crois que le monde va devenir une grande Suisse ?

Elle avait ri en hochant la tête, pleine de commisération, comme une sceptique déjà endurcie.

Je n'avais pu réussir à la convaincre qu'il ne fallait pas désespérer de l'homme, mais continuer de croire au progrès, à l'instauration progressive du règne du droit à l'échelle universelle.

Je me suis souvenu de ses ricanements.

Peut-être avait-elle senti que je parlais faux, comme un mauvais acteur qui a oublié son texte et tente, en brodant, de faire illusion.

Car j'avais perdu au fil des ans la plupart de mes espérances. Et Claire l'avait sans doute compris, blessée de ce qu'au lieu de lui avouer mes doutes, j'eusse préféré les lui dissimuler.

Je lui parlais du Tribunal pénal international, du Conseil de sécurité, des observateurs de l'ONU, je lui chantonnais les rengaines à la mode, et alors qu'elle n'était encore pour moi qu'une petite fille au bord de l'adolescence, elle avait, en quelques mots méprisants, évoqué les inégalités qui s'accroissaient, les terres et le pétrole volés, les peuples exploités, les vies qui n'avaient pas le même prix, les unes pleurées, les autres enfouies au bulldozer dans des fosses, loin des caméras et des indignations. La vie d'un Américain valait plus que celle de mille Irakiens. Un mort israélien pesait dix morts palestiniens.

Où étaient le droit, la justice ?

J'avais argumenté, mais Claire parlait l'une de mes langues : comment aurais-je pu la convaincre qu'elle avait tort ?

Et maintenant elle avait rejoint le camp des fanatiques.

Et moi, comme si j'avais pu espérer la retrouver là, je m'étais fait conduire à Champel où, en 1553, Calvin avait fait brûler vif Michel Servet.

À Genève, ç'avait été le dernier bûcher, mais Claire avait eu raison : pour un bûcher éteint, mille crépitaient encore.

Le XXIe siècle commençant s'annonçait comme un écho démesuré du XVIe. Les catholiques ne condamnaient plus les protestants et ces derniers ne suppliciaient plus les libres-penseurs, mais Malek Akhban lisait les textes de Nasir Akhban, son père, Grand Maître de la confrérie de la *Futuwwa*, et ceux de Hassan Al Banna, fondateur de la confrérie des Frères musulmans.

Et les sectes évangéliques rêvaient d'une fin du monde qui précipiterait en enfer tous ceux qui ne croyaient pas au même Dieu qu'elles.

J'ai ainsi erré dans Genève et dans mes souvenirs, tourmenté, obsédé, m'irritant de l'hypocrite quiétude dans laquelle se complaisait cette ville accueillante aux représentants policés de tous les fanatismes.

Ceux-là, au bord du lac, ne trempaient pas leurs mains dans le sang des égorgés. Ils ne les levaient pas au-dessus de leur tête pour les montrer aux foules hurlantes qui réclamaient des lynchages et s'offraient en sacrifice.

Ceux-là, aux ongles soignés, se contentaient, entre deux parties de golf, de prêcher et de financer la haine.

Et c'était l'un de ceux-là, Malek Akhban, vieil homme déjà, qui avait ensorcelé Claire jusqu'à lui faire accepter d'être sa quatrième épouse !

J'étouffais en moi la pensée aigre qui me murmurait que Claire avait agi en toute lucidité. Elle me l'avait écrit : elle s'était librement convertie. Elle ne s'était pas grimée en Aïsha Akhban, mais elle l'était devenue par toute son âme, sa raison et son corps.

J'en aurais hurlé.

Je me suis rendu devant le Grand Théâtre situé de l'autre côté du Rhône, à quelques centaines de mètres de chez moi.

Il m'a suffi de traverser un pont pour retrouver dans ma mémoire chaque détail de cette soirée, ma fatuité d'alors, ma fierté de présenter Claire : « Mais oui, ma fille », etc.

Puis le silence qui, au sortir de la conférence, m'avait, après quelques pas et quelques phrases, séparé de Claire que j'avais d'abord sentie moqueuse, puis hostile, déclarant pour finir, dans le hall de l'hôtel, quai des Bergues :

– L'hypocrisie et le mensonge ne peuvent pas durer toujours. À la fin, les gens comprennent. Les grands mots, l'égalité, le droit, la justice, ça ne leur suffit plus !

Elle m'avait laissé seul devant l'ascenseur et avait emprunté l'escalier. Comment aurais-je pu imaginer qu'un jour elle s'éloignerait de moi au point de changer de nom, de foi, de civilisation ?

Ma propre fille !

Marmonnant, désespéré, rageur, dans l'une des petites rues voisines du Grand Théâtre – la rue de Hesse –, j'ai découvert, éclairée par deux projecteurs, la façade de marbre noir veiné d'or d'un immeuble sur lequel la lumière jaune paraissait glisser. Des vigiles se tenaient bras croisés devant des portes de fer forgé qui ressemblaient à un énorme bouclier rectangulaire.

J'ai traversé la rue de Hesse, attiré par ce bâtiment puissant comme un centurion corseté par sa cuirasse de bronze doré.

Avais-je déjà, à ce moment-là, discerné les trois grandes lettres, dorées elles aussi, qui surmontaient les portes : W.B.S. ?

Je sais que je me suis arrêté pour lire la plaque située à droite de l'entrée :

> WORLD'S BANK OF SUN
> Fondateur :
> *Nasir Akhban*
> *1932*

Les vigiles se sont approchés de si près que leurs épaules ont touché les miennes. La W.B.S., m'ont-ils dit avant même que j'aie prononcé ce mot, ne recevait aucun client sans qu'un rendez-vous téléphonique ait été pris, et ils en étaient toujours prévenus.

Ils n'attendaient personne et m'ont donc demandé, pour raisons de sécurité, de m'éloigner.

Leur politesse sèche, leur ton tranchant, leur anglais rugueux n'invitaient pas à la discussion.

J'ai dû parler de liberté, de droits de l'homme, menacé d'en référer à mon ambassade, aux autorités genevoises.

Ils allaient, ont-ils répondu en sortant leur téléphone portable, appeler la police.

J'ai crié, en m'éloignant, que j'étais libre, que l'Europe, la Suisse n'étaient pas – pas encore ! – un royaume arabe, une dictature islamique !

Ils ont repris leur faction devant les portes-boucliers et croisé leurs bras comme si je n'avais plus existé.

Et j'ai eu le sentiment humiliant d'avoir été ridicule.

X

Je me suis terré chez moi plusieurs jours, las et honteux de ma pusillanimité. Je ne savais plus au juste ce que je pensais ni ce que je voulais. J'écoutais une conférence de Malek Akhban et m'indignais à nouveau.

Je me persuadais qu'il existait un plan concerté pour subvertir les villes d'Occident assiégées par les populations émigrées de leurs banlieues converties à l'islam, exaltées par les prêches d'imams intégristes qui, à l'exemple de Malek Akhban, citaient les appels de Nasir Akhban ou Hassan Al Banna à la conquête de terres jadis colonisées par l'islam.

J'étais sûr que la World's Bank of Sun finançait ces imams et les réseaux qui peu à peu étendaient leur toile d'un bout à l'autre de l'Europe, de l'Andalousie au Danemark, de Sarajevo à Paris, de l'île de Lampedusa jusqu'à Londres.

Je devais dénoncer tout cela, enquêter sur les activités et le passé de Malek Akhban et de cette confrérie *Futuwwa* qu'avait créée son père.

Puis, je lisais l'éditorial d'un journaliste connu et le ton qu'il utilisait me scandalisait.

Pourtant, il exprimait à sa manière – violente, extrême, même si sa langue restait classique – ce que je venais d'imaginer à propos de la puissance de ces réseaux islamistes.

Mais tous les mots qu'il employait me heurtaient.

Il stigmatisait cette population au sein de laquelle germait « la graine de casseurs ». Il dénonçait la « parentèle le plus souvent étrangère à notre langue », « le confinement et la promiscuité du ghetto », « les caïds et leur fretin », les « terroristes claniques ».

Rien là-dedans n'était faux, et cependant j'en étais horrifié.

Je me voyais dans le miroir de son style, de sa violence, de son mépris.

Le fanatisme, cette « peste des âmes », menaçait en fait chacun de nous.

Peut-être mon rejet de cette vigueur combattante venait-il du fait que, parce que ma fille se nommait Aïsha Akhban, je me sentais malgré moi solidaire de ceux qui vivaient dans ce que l'éditorialiste appelait « les poches stagnantes où grouillent de mauvaises fièvres », gagnées par des « foucades tribales » ?

Peut-être aussi cette diatribe, cette haine méprisante réveillaient-elles en moi le fils d'émigré, le Sicilien dont la grand-mère elle-même avait été qualifiée d'arabe ?

Peut-être même était-ce par fidélité à ces aïeux qu'elle n'avait pas connus que Claire, sans en avoir conscience, avait choisi le parti des plus récents émigrés, ceux qui subissaient encore la discrimination ?

Et moi, écartelé, je ne pensais plus rien, comme si j'avais été incapable d'appréhender le monde dans lequel je vivais.

Durant ces jours-là, ma main fracturée était redevenue douloureuse. Le matin, je ne réussissais plus à déplier les doigts. Il me semblait qu'une excroissance osseuse s'y développait.

Je n'écrivais que des mots aux lettres si mal formées qu'ils en devenaient illisibles, et j'avais de la peine à frapper les touches du clavier de mon ordinateur.

Mes gestes étaient maladroits, ma pensée friable.

Un temps, j'étais persuadé que l'islam constituait une menace pour notre civilisation et j'accusais Malek Akhban d'avoir enlevé et manipulé Claire.

Quelques minutes plus tard, l'islam était devenu à mes yeux la religion des pauvres, des exploités, et Claire s'y était convertie par générosité. Malek Akhban n'était plus qu'un habile prédicateur qui exprimait les frustrations et la misère des foules musulmanes, leur dignité blessée. Seul l'Occident exploiteur et raciste était coupable.

Et, après tout, si Claire avait librement choisi, pourquoi vouloir la faire revenir sur son choix ?

Je prenais mon front à deux mains. J'avais l'impression que mon esprit s'émiettait. Peut-être étais-je trop vieux déjà pour penser ce monde-là ?

Ma volonté ne valait pas mieux. Elle se fragmentait dès que je croyais avoir pris une décision.

Voulais-je vraiment voir Claire, ou bien l'éviter ?

Cela dépendait de moi, puisque je savais désormais où elle habitait.

– Vous connaissez sûrement la propriété de Malek Akhban ?, m'avait demandé Karl Zuber.

Il m'avait abordé dans l'entrée de l'université, bavard prétentieux et indiscret que je sentais à l'affût, interprétant mes mimiques, mes silences et jusqu'à mon indifférence.

– Vous n'êtes jamais allé à Versoix ?

J'avais incliné la tête.

– Ce parc, avec toutes ses essences extraordinaires... Avez-vous vu les palmiers ? Le point de vue depuis la terrasse est unique. Un véritable château, n'est-ce pas ? Mais il est vrai qu'avec ces seize enfants... c'est bien cela ?

J'avais souri.

– Et quatre épouses, avait-il insisté.

Puis il s'était confondu en excuses : il ne voulait pas me gêner, m'arracher une confidence, un avis sur cette situation.

– Évidemment, avait-il repris, Malek Akhban ne divorcera pas, c'est contraire à la loi musulmane, et il ne répudiera pas ses épouses. Mais votre fille, j'en suis sûr, bénéficie d'un statut particulier. Son intelligence, sa jeunesse, osons le dire, sa réputation dans le monde universitaire international, et le fait que ce soit une convertie en font bien entendu l'épouse-reine. Aïsha l'était pour le Prophète. D'ailleurs, on parle de harem à tort et à travers, sans noter qu'en Occident il est tout à fait banal de voir un homme ou une femme se marier pour la quatrième ou cinquième fois. Chaplin, tenez, pas musulman mais juif, et qui vivait sur les bords du lac, combien d'épouses a-t-il eues : autant que Malek Akhban ? Peut-être même davantage.

Voulais-je me rendre à Versoix ? Écrire à Claire ? Essayer de lui faire parvenir un courriel ? Lui fixer un rendez-vous ?

Je ne parvenais pas à choisir, et cette hésitation engendrait en moi une douleur lancinante, une humiliation qui m'incitaient à rester cloîtré dans ma chambre pour les cacher.

Je me suis plongé dans les livres afin de préparer mes cours. J'ai cru, en marchant au pas des légions romaines, m'éloigner ainsi de mes obsessions.

Mais j'arpentais avec l'armée de César les bords du Léman. J'entrais dans Genève et Versoix. Aucun *limes* ne se dressait entre ce que j'étudiais et ce que je vivais.

Je me rappelais m'être rendu à Versoix, il y avait de cela des années, pour y visiter des fouilles qui avaient mis au jour les fondations de plusieurs habitations romaines.

Peut-être la demeure de Malek Akhban se dressait-elle sur les ruines de civilisations disparues, la lacustre et la romaine, et annonçait-elle ainsi, par sa présence en ce lieu, le début d'une autre ère, celle où, après les temples païens et chrétiens, les mosquées accueilleraient les croyants, tous ceux que la peur de la mort poussait à adorer les dieux, maîtres de l'au-delà ?

Les apparences changeaient, mais l'homme était toujours le même, prisonnier de ses besoins, de ses craintes et de ses espoirs.

J'avais recommencé à lire la *Guerre des Gaules*, mais je m'arrêtais à des faits que j'avais jusqu'alors négligés.

L'actualité, mes préoccupations les éclairaient. César évoquait ce que je voyais, ce que nous vivions.

J'accompagnais les Helvètes décidés à fuir leur pays. Ils se rassemblaient, rêvaient des terres fertiles du sud de la Gaule. Ils incendiaient leurs douze villes, leurs quatre cents villages, brûlaient tout le blé qu'ils ne pouvaient emporter, en sorte de se contraindre à partir.

Ils étaient déterminés, mais pacifiques.

Ils demandaient audience à César. Leurs ambassadeurs s'inclinaient devant l'énigmatique Consul.

« N'ayant aucun autre chemin, disaient-ils, les Helvètes voudraient traverser la province romaine sans y causer le moindre dommage. Ils en demandent la permission à César. »

Il avait été facile de les duper, de les massacrer, de refouler les survivants jusqu'aux décombres de leurs cités, au milieu de leurs moissons carbonisées.

Je pensais à ces femmes portant leurs nouveau-nés, à ces jeunes hommes qui quittaient leurs villages d'Afrique et s'avançaient vers nous, les mains nues, avec toute leur misère et leurs espérances dans le regard.

Nous les rejetions.

Leurs corps restaient accrochés aux barrages barbelés et aux murs que nous avions dressés et qu'ils avaient tenté de franchir. Leurs cadavres venaient s'échouer sur nos plages qu'ils avaient voulu atteindre.

Les survivants s'entassaient derrière les grilles de nos camps où ils priaient, tournés vers La Mecque.

Complot islamique contre l'Europe chrétienne, ou mouvement inexorable, répété époque après époque, poussant les pauvres, Helvètes ou Africains, païens ou musulmans, vers des contrées qu'ils imaginaient prospères et accueillantes ?

L'espoir de vivre mieux, ou tout simplement de survivre, était leur seul mobile. Et ils étaient prêts à tout abandonner, à tout affronter, à risquer de mourir pour réaliser ce rêve : entrer en Europe.

César l'avait déjà écrit à propos des Helvètes : « Ils braveraient mieux les dangers après s'être privés de tout espoir de retour. »

L'histoire des hommes était ce fleuve unique et tumultueux où, l'une après l'autre, chaque civilisation disparaissait, submergée par la suivante.

Il me fallait parler à Claire.

Ce n'était qu'après l'avoir vue que je pourrais mettre de l'ordre dans ma tête.

XI

J'ai franchi les hautes portes de fer forgé et découvert un porche sombre et une cour noire comme un puits.

J'ai eu le sentiment d'être tombé dans un piège.

J'ai hésité à suivre le vigile, mais, d'un ample geste, il m'a invité à entrer dans cette cabine d'ascenseur collée à l'une des façades de la cour, si violemment éclairée que j'en ai été ébloui.

Ce n'est qu'au moment où elle commençait à s'élever que j'ai remarqué que ses parois étaient en métal doré.

Une secrétaire, le visage rond enserré dans un voile noir qui lui couvrait la nuque et les épaules, m'a accueilli au cinquième étage.

Et ç'a été un nouveau contraste : la lumière était tamisée, apaisante, effleurant à peine les sofas et les fauteuils de cuir fauve, les coffres sculptés. Le salon ouvrait sur une coursive vitrée depuis laquelle on apercevait les lumières des bords du lac et le jet d'eau illuminé.

Je n'ai eu que le temps de contempler ce panorama : au moment où je m'apprêtais à m'asseoir, Malek Akhban s'est avancé, souriant, me disant – je crois – qu'il était très honoré d'accueillir le professeur Julien Nori dont il avait lu plusieurs ouvrages.

– Comment ne pas être fasciné par l'Empire romain quand on est préoccupé par les choses humaines ? Il est une de nos communes origines, n'est-ce pas ? Mais, au-delà de l'histoire, il est pour moi un sujet permanent de réflexion. Le déclin et la chute : pourquoi ? Naturellement, j'ai lu l'ouvrage classique d'Édouard Gibbon, mais c'est le point de vue d'un historien du XVIIIe siècle. J'espère que vous allez m'éclairer et que nous aurons l'occasion de débattre de cela longuement. Je suis passionné par l'Antiquité tardive, par le triomphe du christianisme.

Il a souri :

– C'était avant nous...

Il m'a tendu la main et je l'ai serrée.

Il m'a semblé que je capitulais pour la seconde fois.

Je n'avais pas imaginé en effet rencontrer Malek Akhban.

Trois jours auparavant, j'avais envoyé un courriel à Claire.

Il m'en avait coûté de taper cette adresse : aisha@akhban.com. Je l'avais plusieurs fois effacée après avoir renoncé à cliquer. Puis, sans plus y réfléchir, j'avais enfin appuyé, soulevant aussitôt mon doigt, mais il était naturellement trop tard pour retenir les mots qui étaient déjà parvenus à Claire :

« Je donne une série de cours à l'université de Genève. Je souhaite te rencontrer. Je suis à ta disposition. Je t'embrasse. Ton père, Julien Nori. »

J'avais guetté sa réponse avec anxiété, ouvrant toutes les heures ma boîte de réception.

En début de soirée, une ligne s'était enfin inscrite sur l'écran :

« Monsieur le Professeur. Je serai heureux de vous recevoir au siège de la World's Bank of Sun, 12, rue de Hesse, mardi à 19 heures. Malek Akhban. »

J'avais accepté. Ç'avait été ma première reddition.

Le bureau de Malek Akhban était vaste, vitré comme une passerelle. La vue était plus étendue encore que depuis la coursive du salon.

Il m'a invité à m'asseoir sur le divan et s'est installé en face de moi, de l'autre côté d'une petite table en ivoire au plateau et aux pieds ouvragés.

J'ai d'abord observé ses mains fines à la peau très claire, aux ongles longs, aux doigts affûtés de pianiste qui dansaient autour des carafes remplies de jus de fruits, des verres en cristal.

Puis j'ai levé les yeux et je me suis aussitôt senti caressé par ce regard doux et bienveillant, mélancolique aussi, exprimant à la fois sagesse et tristesse, comme davantage tourné vers l'intérieur de soi, enclin à la méditation plus qu'à l'action.

Les cheveux blancs bouclaient sur les tempes et à l'arrière du crâne. Le front était élargi par la calvitie. Un mince filet de barbe, plus foncé que les cheveux, encadrait le visage et en soulignait l'ovale parfait.

Malek Akhban était beau, élégant dans son costume dont le noir tranchait avec le blanc immaculé d'une chemise empesée au col rond, boutonné, que n'ornait aucune cravate.

Il a avancé les mains vers moi, paumes renversées, ouvertes d'un geste accueillant qui m'invitait à parler.

De cette conversation de plus d'une heure, j'ai gardé un souvenir désagréable.

Malek Akhban m'avait pourtant laissé jouer à ma guise. Comme aux échecs, j'avais avancé mes pions et mes chevaux.

Presque à chaque phrase j'avais parlé de « ma fille, Claire… », des inquiétudes que j'éprouvais à son sujet, et que, puisqu'il était père, il pouvait comprendre. Qu'il se mette à ma place, qu'il imagine qu'un de ses fils choisisse de se convertir au christianisme, devienne prêtre, ou bien qu'une de ses filles épouse – j'avais osé dire cela ! – un mécréant comme moi, son aîné d'une trentaine d'années, divorcé, et qu'il lui impose un mode de vie, des pratiques contraires à toute l'éducation qu'elle avait reçue. Pourrait-il l'accepter ?

J'avais imaginé conduire la partie. Lorsque j'avais cru l'avoir affaibli, j'avais ajouté que j'exigeais de rencontrer Claire en tête à tête, et combien j'avais été surpris, pour ne pas dire scandalisé que ce fût lui qui eût répondu à mon message. Je n'avais accepté de le voir que pour protester.

J'avais encore haussé la voix : il y avait des lois, en Europe, garantissant les droits des épouses et interdisant la polygamie.

J'avais adopté ce ton peut-être outrancier parce que Malek Akhban ne m'avait à aucun moment interrompu. Il avait fermé à demi les yeux, croisé les bras. C'est sa passivité, l'indifférence avec laquelle il avait écouté mes propos, qui m'avaient poussé à élever le ton et, exaspéré, à évoquer un recours en justice.

Tout à coup, je m'étais tu.

Je n'avais plus de pièces à jouer : ni fou, ni tour, ni reine.

Je m'étais laissé enfermer comme un joueur novice et fébrile face à un grand-maître qui connaît toutes les ouvertures et a déjà anticipé le déroulement de la partie jusqu'au mat de son piètre adversaire.

Malek Akhban avait d'abord gardé le silence, puis s'était levé.

– Je vous en prie, avait-il dit en rouvrant la porte de son bureau.

J'avais balbutié, ne sachant comment interpréter ce congé trop poli.

– Mon épouse Aïsha Akhban m'a fait lire la lettre qu'elle vous a adressée, avait-il repris d'une voix nonchalante. C'est mon épouse qui a souhaité, après avoir reçu votre message, que je vous accueille ici pour écouter ce que vous aviez à lui dire.

J'étais resté assis.

– Rien, en somme. En vous je respecte pourtant non seulement l'historien émérite, mais d'abord le père d'Aïsha. Le Prophète nous enseigne que les parents doivent être protégés : « Ton Seigneur vous a ordonné de n'adorer que Lui et d'être bon avec vos père et mère. »

Il s'était incliné.

– Si vous avez besoin de mon aide, d'un conseil financier, je suis à votre disposition et serai toujours heureux de vous être utile.

Je m'étais immobilisé devant lui sur le seuil du bureau.

– Vous devriez lire le Coran, la sourate 17, avait-il recommandé. Vous comprendrez mieux ce qu'est notre foi, ce que cela signifie d'être musulman.

Cependant que j'attendais l'ascenseur que la secrétaire venait d'appeler, Malek Akhban était resté près de moi et avait poursuivi :

– Pour nous, croyants, mais peut-être aussi pour vous, Monsieur le Professeur, l'homme a le pas sur les femmes. Néanmoins, je laisse à mon épouse la faculté de vous rencontrer quand elle veut, en tête à tête, bien sûr. Vous êtes le père auquel, je vous l'ai répété, on doit le respect. Le Prophète dit aussi : « Vous qui croyez, ne prenez pas de juifs ou de chrétiens pour amis. » Mais vous n'êtes pas juif, et, je crois savoir, si peu chrétien ! Mais vous êtes le père d'Aïsha. Appelez mon épouse, appelez-moi. Il faudrait que nous discutions du déclin de l'Empire : le romain et puis l'autre, celui d'aujourd'hui.

La porte de l'ascenseur s'était refermée et la cabine dorée m'avait emporté au fond d'un puits sombre.

XII

Il avait plu sur le lac et les eaux du Rhône étaient devenues noirâtres.

J'avais eu l'impression d'être resté prisonnier de la pénombre qui stagnait dans la cour et sous le porche de l'immeuble de la World's Bank of Sun.

Je m'étais retrouvé dans la rue de Hesse sans parvenir à m'arracher au sentiment d'amertume et d'humiliation qui m'avait saisi lorsque le vigile, ayant entrouvert les portes, avait dit d'une voix qui m'avait paru ironique :

– Voulez-vous qu'on appelle votre chauffeur, Monsieur ?

Je n'avais pas répondu.

Une averse de grêle balayait la rue et j'avais imaginé les deux vigiles à l'abri sous leur auvent, m'observant avec mépris.

J'ai marché résolument au milieu de la chaussée, contre le vent, jusqu'aux berges du fleuve, puis, au lieu de rentrer, j'ai longé les quais, atteint la rive du lac.

J'étais seul.

Les nuages étaient si bas qu'ils avaient englouti la ville. L'obscurité n'était déchirée que par les phares des voitures qui éclairaient par à-coups la promenade déserte et les vagues qui venaient se briser contre les môles.

Je me suis immobilisé.

J'avais besoin de sentir la pluie mêlée de grêle et de neige me fouetter le visage, pénétrer mes vêtements, glisser le long de mon corps, glacer ma nuque, mes épaules, ma poitrine. J'ai pataugé dans des chaussures imbibées d'eau.

Mais je devais subir cette pluie comme un châtiment, le prix à payer pour ma défaite.

Je m'étais ridiculisé devant Malek Akhban.

Il m'avait contraint à me conduire en barbare qui ignore les usages, qui trébuche sur les tapis, ébloui par l'or qui l'entoure, et qui ne peut que frapper du poing sur la table parce qu'il ne sait comment choisir, utiliser les couverts, alors qu'il a l'habitude de manger avec ses doigts.

Alors que je me croyais sûr de mon bon droit, et de ce que je représentais, je m'étais découvert démuni.

Malek Akhban m'avait écouté avec commisé-ration avant de me congédier comme on le fait d'un pauvre type.

Le civilisé, le seigneur raffiné, le vainqueur, c'était lui !

Il m'avait dépouillé de ma fille. Banquier et prédicateur, il était installé au cœur de notre système, l'utilisant avec habileté et en même temps le rejetant, cherchant à imposer sa loi et sa foi.

Et je n'avais été en face de lui que l'impuissant et incertain représentant d'une civilisation dont il maîtrisait tous les rouages et qu'il était sûr de vaincre, parce qu'« Allah Akhbar » !

Et ma fille s'était convertie et soumise en toute liberté !

Là étaient la cause et la preuve de ma défaite, la source de mon humiliation.

J'avais continué à déambuler sous l'averse.

J'avais besoin de cet affrontement avec le froid, le vent, la pluie, la neige et la grêle.

À chaque pas je me convainquais que ma défaite et la conversion de ma fille étaient inéluc-tables.

On va vers ceux qui croient en leurs valeurs, qui sont prêts à combattre et à mourir pour elles.

Tout au long de ma vie j'avais au contraire stig-matisé la civilisation et la foi que l'on m'avait léguées. J'avais oublié « nos » religions : la judéo-chrétienne, puis celle du progrès et des Lumières.

J'appartenais à cette génération qui avait cherché, ailleurs que dans l'histoire dont elle était issue, des raisons de vivre, ou, pire, qui s'était donné comme but ultime la destruction de son héritage.

Et j'avais, à mon rang, participé à ce sabordage !

Quand l'eau avait commencé à envahir les cales et à se répandre dans les coursives, j'avais moi aussi exulté.

Enfin c'en était fini de ce navire !

Il avait été galère conquérante, galion transportant les trésors pillés aux peuples des autres continents. Il avait été bateau négrier, on avait entassé dans son entrepont des millions d'hommes, de femmes et d'enfants. Il avait été canonnière écumant toutes les côtes du globe, d'Afrique en Asie, imposant son drapeau, sa loi, sa langue, sa foi.

Mais nous nous étions mutinés et nous avions réussi à ouvrir dans la vieille coque de multiples voies d'eau !

Ce sabordage, nous l'avions accompli au nom de la Liberté, de l'Égalité et de la Fraternité !

Et maintenant que nous étions tassés sur un radeau, ballottés, nous voyions s'approcher d'autres flottes dont les équipages ignoraient ou refusaient nos grands principes, arborant leurs oriflammes, réclamant l'application de leur loi telle que leur foi la dictait !

« Vous devriez lire le Coran », m'avait dit Malek Akhban.

XIII

J'ai entrepris de lire le Coran et j'ai été emporté dès les premières lignes par la dense et puissante beauté de ce texte sacré.

Je ne me suis interrompu que lorsque l'obscurité a fini par recouvrir le livre. Je me suis alors redressé, soudain surpris par cette rumeur du Rhône, plus forte depuis les pluies d'averse, et par ce jet d'eau qui jaillissait à l'horizon dans une gerbe de lumière au-dessus du lac noir.

Je n'étais plus en ce lieu-là. Le Coran m'avait transporté dans le désert attirant des certitudes. C'était le seul pays qu'habitait celui qui croyait, qui obéissait à la parole du Prophète.

Je me suis souvenu de mon ébahissement quand, dans une rue du 20ᵉ arrondissement de Paris, j'avais vu les trottoirs et la chaussée tout entiers envahis par des hommes agenouillés à même le sol, le dos courbé, la nuque ployée par la soumission à ce Dieu qui ordonnait et ne laissait aucun espace à l'incertitude, à la réflexion.

Il affirmait :

« Voilà l'Écrit dont tout doute est exclu ! »

Il promettait l'« autre monde » à ceux qui croyaient en Lui.

Ce livre exaltait, comblait et enfermait tout à la fois.

Au fur et à mesure que je le lisais, que je me perdais dans le labyrinthe des sourates, le désespoir me gagnait.

Jamais je ne retrouverais Claire.

Je comprenais comment elle avait pu être apaisée par cette foi absolue qui niait le doute et donc la liberté, sa compagne.

Plusieurs fois, durant ma lecture, j'ai prononcé les sourates à haute voix, je les ai répétées, psalmodiées, balançant mon corps d'avant en arrière comme font, épaule contre épaule, les élèves des écoles coraniques.

Comme eux j'ai voulu moi aussi apprendre ce texte par cœur pour qu'il m'emplisse l'esprit et le corps, que plus rien n'existe que cette foi, mon obéissance à cette parole.

« Allah Akhbar ! »

Mais l'hérésie et l'apostasie étaient en moi, peut-être même au cœur de la civilisation à laquelle j'appartenais.

J'ai répété :

« Voilà l'Écrit dont tout doute est exclu ! »

C'était le livre unique qui portait la vérité, dont il fallait connaître chaque phrase et la clamer en soi, prière profonde, lèvres à peine remuées, pour qu'elle chasse et bannisse toutes les autres pensées. Je m'y suis essayé.

J'ai voulu me conformer au commentaire d'un savant persan du IXᵉ siècle, Al-Tabari, qui avait écrit, mettant en garde ceux qui s'obstinaient à rester maîtres de leur esprit :

« Quiconque se sert de son seul jugement pour traiter du Coran, même s'il atteint sur ce point la vérité, est cependant dans l'erreur par le fait d'en avoir traité par son seul jugement. »

J'ai tenté de m'abandonner à ce texte, tantôt torrent tumultueux, tantôt large fleuve apaisé.

J'ai senti naître en moi le désir d'obéir à cette foi exigeante et de m'abolir ainsi dans la communauté des croyants en jouissant de mon obéissance, en exaltant ma servitude, en sacrifiant l'intime, le moi, en éprouvant d'autant mieux le plaisir de la soumission.

Mais, aussitôt, ont resurgi mes interrogations critiques. Elles se sont accrochées à moi, tenaces comme un chiendent. J'en ai souffert, je me suis reproché cette attitude, l'impossibilité où j'étais de me fondre dans une foi qui interdisait la recherche des contradictions dans son Livre, qui refusait l'exégèse et la réflexion individuelle, suspecte dès lors qu'elle usait – ainsi que l'avait écrit Al-Tabari – de « son seul jugement ».

Mais ce déchirement entre ce qui me tentait dans ce livre de foi et ce que j'étais m'a fait comprendre pour la première fois en toute clarté ce qui constituait l'essence même de ma civilisation, de ma culture.

Ma foi était personnelle.

J'étais le fils de saint Paul et de saint Augustin.

Les Évangiles n'ordonnaient pas. Ils montraient. Ils offraient en partage. Dieu était un homme qui prêchait par l'exemple et plaçait chacun de ses disciples devant un choix personnel.

On ne s'abîmait pas dans l'oubli de sa pensée. Elle était fécondée par la foi.

J'étais aussi le fils de Thomas d'Aquin, élève de maître Albert le Grand dont ma rue portait le nom, de Spinoza et de Voltaire.

Foi et raison. Communion personnelle de moi à Dieu, de ce Dieu de la chair et du sang duquel je me nourris. Homme qui a reçu en lui une part divine.

Je m'agenouillais, mais je me redressais aussitôt. Ma prière était verticale, non courbée. J'étais l'enfant de la Bible, des Évangiles et des Lumières.

J'ai redécouvert cela avec émotion, mais, peu après, parce que j'étais fils du doute et donc de la liberté, j'ai remis en question ce que je venais de reconnaître comme ma lignée.

Et j'ai senti, face à ce Livre inaltérable, dicté de la parole divine, combien je pouvais être vaincu.

Claire était la preuve vivante de ma défaite.

Elle avait eu besoin de cette croyance qui apaise et rassure parce qu'elle remplit tous les vides, qu'elle donne l'assurance de la Vérité, donc de la victoire, qu'elle crée une hiérarchie implacable entre ceux qui croient et les autres, juifs, chrétiens, païens, apostats, qui doivent être soumis et qu'on peut tuer s'ils se rebellent.

Je me suis levé pour m'arracher à ce Livre qui m'exaltait.

Je reconnaissais en lui l'un de ces textes antiques – sacrés ou profanes – où la fusion est totale entre le sens et le mot, l'auteur et la phrase.

Aucune fissure narcissique ne venait les affaiblir. Ils étaient de l'ordre de l'évidence. Bloc de foi. Diamants si purs qu'on ne peut les tailler.

Le Coran était bien l'un de ces textes fondateurs.

J'étais probablement sacrilège en ne le disant pas unique.

Mais il était pour moi l'une de ces mystérieuses météorites venues du fond des cieux – des profondeurs de l'âme –, qui heurtent de plein fouet l'histoire humaine et en changent le cours.

Et cela me terrorisait, car une pareille foi ne pouvait être que conquérante. Peu importait le nombre des fidèles. Que peuvent opposer des hommes qui doutent à ceux dont la croyance occupe tout l'esprit ?

Je tremblais à la pensée qui s'imposait à moi que, sauf à choisir de se soumettre, la civilisation du doute – qui était aussi celle de la force matérielle – devait combattre, et que certains, en son sein, concluraient que la guerre et le massacre étaient les seuls moyens de résister, de n'être pas vaincus, assujettis.

Mais, en tuant, on se tuait.

Fallait-il, pour arracher Claire à sa nouvelle foi, que je la tue ?

Ne valait-il pas mieux la laisser libre de croire en son Dieu ?

Mais cette croyance-là exigeait que je cesse d'être moi, et donc que je meure ?

J'ai lu et relu ces sourates dans lesquelles le Prophète rappelait que la force des croyants ne tenait pas tant à leur nombre qu'à la pureté de leur foi, au don fait de leur vie à Dieu.

« Ô combien de fois, par la permission de Dieu, une armée nombreuse fut vaincue par une petite troupe ! Dieu est avec les persévérants. »

Comment cette certitude-là, cet enseignement-là pouvaient-ils permettre la cohabitation paisible de civilisations si différentes ?

L'une ouverte est donc rongée par le doute, rançon de la liberté, où chaque individu se veut une planète autonome appartenant certes au même univers, mais revendiquant la liberté de choisir sa trajectoire, de rejeter toute contrainte, toute autorité, qu'elle soit religieuse ou politique.

Je jouis comme je veux. Je pense comme je veux. Je ne m'agenouille que devant moi. Je n'obéis à rien ni à personne. Et si je reconnais Dieu, je n'accepte aucun des interdits de son église. Je veux qu'Il m'absolve de tout.

Au contraire, l'autre civilisation unit une communauté de croyants dont la foi est la Patrie sans frontières, qui s'étend indéfiniment.

Là où vit le musulman, là est sa nation, là doit s'appliquer sa loi. Infidèles méprisables et condamnés, les natifs du lieu, quelle que soit leur histoire en ce territoire, doivent se soumettre à cette même loi.

« Ô vous qui croyez, les infidèles ne sont qu'impuretés !… »

« Ceux qui ne croient pas à nos Versets, nous les pousserons au feu… »

« Chaque fois que leur peau sera brûlée, nous leur donnerons une autre peau pour qu'ils goûtent le tourment. Dieu est le Puissant ! »

J'avais lu ces sourates sur le châtiment promis aux infidèles en me souvenant de la voix de Malek Akhban, non pas celle, dédaigneuse, avec laquelle il s'était adressé à moi dans son bureau de la World's Bank of Sun, mais celle avec laquelle il lisait ces textes rappelant les sourates du châtiment, la pensée de son père, Nasir Akhban, ou du fondateur de la confrérie des Frères musulmans, Hassan Al Banna.

J'ai lu le Coran et ç'a été comme si Malek Akhban avait scandé ces sourates :

« On taillera des vêtements de feu pour les incroyants, on leur versera de l'eau bouillante sur la tête. Leurs entrailles et leur peau en seront consumées. À eux les fouets de l'enfer ! Chaque fois qu'ils voudront en sortir, poussés par la souffrance, on les y ramènera. Goûtez le tourment de la calcination !

« Jamais ne sera décrétée la mort des infidèles !

« Jamais ne sera allégé leur tourment.

« Ils crieront : Seigneur, fais-nous sortir, nous ferons œuvre fidèle, contrairement à ce que nous faisions !

« Mais ne vous avions-nous pas donné longue vie pour que réfléchisse quiconque le peut ? Et on était venu vous avertir. Goûtez donc cela !

« Pas de secours pour les coupables ! »

J'étais un de ces coupables.

Ma civilisation entière l'était.

Et ni individuellement ni collectivement nous n'avions droit au pardon.

Fallait-il alors que j'offre ma gorge au coutelas, que ma civilisation n'ait le choix qu'entre la guerre et la reddition ?

Comment éviter que ce début du XXIe siècle, déjà sanglant, où tant d'hommes choisissaient de mourir pour répandre la mort, où les brasiers s'allumaient dans tant de villes, ne soit que le prologue presque anodin à ce qui allait survenir ?

L'anxiété n'avait plus desserré son étreinte.

Pour échapper à cet abîme que je voyais s'ouvrir devant les hommes, il m'est même arrivé de me féliciter que Claire ait choisi le camp des certitudes.

Mais en ces moments-là j'avais envie de me jeter dans les eaux boueuses et bouillonnantes du Rhône.

XIV

J'ai laissé le Livre ouvert.

Je me suis détourné du Coran sans avoir eu le courage d'en achever la lecture.

J'ai voulu échapper à ce désir, qui m'avait souvent saisi, de m'agenouiller moi aussi, comme Claire, de courber le dos, de chasser de mon esprit toute pensée, toute volonté qui n'auraient pas été celles de Dieu, et de pouvoir ainsi murmurer :

« Claire, je t'ai rejointe. Prions ensemble le même Dieu dans la même maison. Partageons la même foi. Entre Ses mains nous voici à nouveau père et fille. Non seulement j'accepte ce que tu es, mais j'ai fait de ton Dieu le mien. Tu m'as guidé vers Lui, tu m'as fait entendre Sa voix. Je crois en ce Dieu parce que tu me l'as révélé. C'est toi qui m'as enfanté. Tu es la fille donnant naissance au père ! »

Ce gouffre m'avait attiré, mais j'ai eu peur de m'y précipiter et j'ai appelé à l'aide, téléphoné à Max sans rien lui confier de ce que je vivais : ce déchirement, ce désespoir, cette humiliation aussi, cet échec.

Car j'avais envoyé à Claire aisha@akhban.com un nouveau courriel, mais n'avais reçu aucune réponse. Et, je l'avoue, si Malek Akhban m'avait donné un second rendez-vous, je m'y serais sans doute rendu, humble manant franchissant, toute honte bue, la grande porte du château du maître.

Mais l'écran était resté vide.

Je me suis tourné vers Zuba Khadjar.

Je lui ai raconté ma rencontre avec Malek Akhban, mon désarroi, le silence de Claire, l'effet que provoquait en moi la lecture du Coran.

J'oscillais entre sidération et angoisse. Ce texte sacré à la fois me fascinait et me terrorisait, m'exaltait et m'anéantissait.

Tout à coup, elle m'avait crié :

– Fous-moi la paix ! Qu'est-ce que c'est que cette comédie que tu te joues ?

Oui, c'était un texte venu du VIIᵉ siècle que des centaines de millions d'hommes et de femmes, des déserts de Chine aux banlieues de Paris, des montagnes du Caucase aux rives du Pacifique, lisaient, récitaient, respectaient à la lettre parce qu'il avait été dicté par Dieu à son Prophète.

— Tu crois ou tu ne crois pas : c'est la première question à laquelle tu dois répondre. Moi, je crois, je suis musulmane. Toi, qu'est-ce que tu es ? Qu'est-ce que tu sens ? Tu aimes éprouver le douloureux plaisir, la blessure brûlante de l'indécision. C'est la jouissance de bourgeois, d'intellectuel occidental.

D'une voix geignarde — à m'en souvenir, j'en ai honte — j'ai dit mes inquiétudes — la guerre entre les civilisations déjà commencée — face à cet « Écrit qui excluait tout doute », qui prônait le châtiment éternel pour les juifs, les chrétiens, les païens, les apostats.

Zuba m'a interrompu et sa voix enrouée exprimait plus que de la colère : une rage méprisante.

— Vous avez lu, Monsieur le professeur Nori, ce que vous vouliez trouver dans ce texte. Vous l'avez traduit selon la sémantique de vos obsessions. Vous vous êtes servi de lui pour légitimer votre trouille, votre racisme, votre angoisse de possédant qui tremble parce qu'il sait que sa fortune provient du vol, du pillage et de l'exploitation. Vous n'aimez pas entendre la voix des « damnés de la terre ». Vous vous souvenez de ce livre de Franz Fanon ? Moi, j'ai écouté des paroles différentes que celles qui vous ont terrorisé, dites-vous — quel grand mot ! Moi, j'ai entendu non pas l'appel au djihad et au massacre des infidèles, mais l'invitation au pardon, à la mesure. Et j'ai lu de bout en bout ce grand texte sacré, pour moi le plus grand, le plus beau !

J'ai avancé quelques arguments, objecté par quelques citations. Elle a repris :

– Vous, Monsieur le professeur Nori, titulaire d'une chaire d'histoire romaine ! Vous faites mine d'ignorer qu'il y a toujours plusieurs lectures possibles d'un même texte. Savez-vous ce que sont les Hadith qui constituent la tradition, notre sunna ? Les croyants ont débattu de ces récits et chaque fois s'est établi un rapport de forces entre les commentateurs, les croyants. Et vous, – pas vous, Monsieur le professeur Nori, mais les grands stratèges de la politique internationale – vous avez choisi comme mercenaires, parmi les musulmans, les adeptes de la tradition la plus radicale : les isla-mistes. Les gens comme moi, on les a laissé égor-ger ! Nous étions nationalistes, progressistes, démocrates, partisans de la modernité, des cheveux flous, des femmes croyantes et libres, mais vous avez préféré les islamistes, les princes saou-diens, les Taliban afghans et, un temps, les ayatol-lahs, puis Saddam Hussein, et même Ben Laden ! Vous avez financé les intégristes, les terroristes, afin qu'ils combattent les Soviétiques, les commu-nistes, les nationalistes, les Serbes...

Elle s'est plusieurs fois interrompue et il m'a semblé que la hargne l'étouffait.

Elle a ajouté en ricanant :

– Les scorpions maintenant s'en prennent à vous ! Vous les aviez installés sur votre dos, vous leur faisiez traverser le fleuve, vous imaginiez qu'ils seraient assez sensés pour ne pas vous piquer, car votre mort entraînerait leur noyade ? Mais ils vous inoculent leur poison, parce qu'eux croient au paradis et la mort leur importe peu. Ce qu'ils veulent, c'est la vôtre ! Et gloire à eux s'ils parviennent à vous tuer !

J'ai cru qu'elle allait raccrocher mais j'avais besoin qu'elle continue à me fustiger et, ce faisant, à m'arracher au gouffre.

– Zuba, je t'en prie !

Tout à coup elle s'est mise à rire.

– Continue ta lecture Julien, a-t-elle répondu. Mais emploie une autre grammaire.

Elle a ajouté qu'elle rencontrait de temps à autre, dans l'escalier de l'immeuble et sur notre palier, la jeune Russe que j'avais installée chez moi.

– Sachez, Monsieur le Polygame, qu'elle n'est pas toujours seule.

Et comme j'étais resté silencieux, elle a marmonné.

– Je veux être scorpion, moi aussi.

– Viens à Genève !, l'ai-je suppliée.

– Genève ? Jamais !

Puis :

— Laisse les gens libres de vivre à leur guise.
C'est ta philosophie, n'est-ce pas ? Et puis lis le
Coran avec tes deux yeux !

XV

J'ai lu :

> « *Nous enjoignons à l'humain*
> *La générosité envers ses deux parents.* »

J'ai fébrilement cherché, dans l'« Écrit qui excluait tout doute », d'autres sourates, d'autres versets qui auraient pu faire fléchir Claire, toujours silencieuse et dont je ne pouvais renoncer à croire qu'un jour je la retrouverais.

Je n'espérais plus, je ne voulais même plus lui faire abandonner la foi qu'elle avait choisie. Librement ? Je n'en étais plus si sûr. Et c'était la question qui me torturait.

Je me suis rendu à Versoix.

À mi-pente du coteau qui dominait la petite ville et le lac, j'ai découvert la propriété de Malek Akhban.

Elle était entourée de murs de près de deux mètres de haut, et même en montant sur le talus, de l'autre côté de la route, je n'ai pu apercevoir que les cimes dépouillées des arbres, leurs branches hautes dressées comme des lances.

J'ai longé le mur, fait ainsi le tour de la propriété qui m'est apparue immense, et me suis arrêté devant le portail noir qu'encadraient deux caméras vissées au sommet de colonnes de marbre.

Il y a eu des aboiements, le choc des gueules et des pattes contre le portail, et j'ai fui, descendant rapidement vers la ville et l'embarcadère, où j'ai attendu la navette pour Genève.

Je n'avais pas envisagé, en me rendant à Versoix, de tenter d'être reçu par Claire. J'avais voulu tout simplement me rapprocher d'elle, m'assurer, même si la démarche peut paraître incompréhensible, que le lieu où elle vivait, existait. Mais, alors que j'avais cru de cette manière calmer mon angoisse, apaiser mes frustrations, elles s'étaient au contraire aggravées.

Je me suis pris à imaginer Claire séquestrée dans cette demeure dont je n'avais même pas aperçu le toit.

Qui aurait pu entendre les cris de ma fille appelant à l'aide ?

Je n'ai plus réussi à maîtriser ma pensée. J'ai vu Claire droguée, livrée, torturée, assassinée.

Quittant le navire, je suis resté figé sur les quais du port de Genève, hésitant à me rendre dans un poste de police afin d'y déposer plainte pour enlèvement, séquestration, mauvais traitements, polygamie.

Peu à peu, cependant, j'ai recouvré ma raison.

J'ai marché longuement, passant et repassant devant le siège de la World's Bank of Sun, et j'ai mesuré combien mes craintes étaient délirantes. Malek Akhban n'avait nul besoin de la contrainte physique pour retenir Claire. Il avait cette aura que donnent le pouvoir, l'intelligence, la foi, la richesse, la notoriété.

Je suis rentré chez moi, j'ai repris la lecture du Coran et, curieusement, la musique obsédante de ces phrases m'a peu à peu calmé.

J'ai lu et relu cette dix-septième sourate que Malek Akhban m'avait conseillé de méditer.

Il m'a d'abord semblé qu'elle exprimait une sagesse qui entrait en résonance avec les textes sacrés des autres religions. Et ces versets m'ont redonné espoir.

Je me suis souvenu des propos de Zuba Khadjar. Peut-être, en effet, ma première lecture avait-elle été partisane, et mon ressentiment avait-il détourné le sens d'un texte qui, lui aussi, était chargé d'amour et de compassion.

J'ai voulu le croire quand j'ai lu ce verset :

« Baisse vers tes parents l'aile de ta déférence avec tendresse et dis : Seigneur, aie pitié d'eux comme ils firent pour moi quand ils m'élevaient. »

J'ai aussitôt pensé envoyer à Claire ces lignes qui confirmaient que le Seigneur ordonnait aux croyants d'« être bons » avec leurs père et mère.

Comment pourrait-elle, dès lors, refuser de m'accorder un regard ?

Je ne lui quémandais que le droit de la voir, de la serrer contre moi, de combler ainsi ce vide – ce gouffre : le mot revenait – que son éloignement, sa rupture et sa conversion avaient creusé entre nous, en moi.

Je me suis mis à copier ces versets, puis le doute m'a saisi.

Avais-je « élevé » Claire ?

Ou, au contraire, ne l'avais-je pas sacrifiée à mon égoïsme, ne me souciant jamais de ce qu'elle pouvait ressentir, de ce que ma façon de vivre – ma « polygamie de fait », mon « harem informel » – lui infligeait ?

Comment aurais-je pu maintenant, tel un maître chanteur, me servir du Coran pour obtenir d'elle ce geste de réconciliation – ou seulement de pitié – qu'elle m'avait jusqu'alors refusé ?

J'ai renoncé, arrêté mon ordinateur, et suis resté immobile devant l'écran noir.

Puis j'ai continué à lire.

J'ai voulu me persuader que Zuba Khadjar avait raison.

Tel ou tel verset du Coran m'a rappelé d'abord le ton de certains passages de la Bible à laquelle d'ailleurs ils se référaient parfois.

« Votre Seigneur, ai-je lu, connaît bien le fond de vos cœurs et si vous êtes purs. Et Il pardonne à ceux qui se repentent. »

Mais, peu à peu, j'ai vu se constituer, à travers ces sourates, une morale rude et virile qu'orientait un réalisme calculateur bien plus que l'amour du prochain.

Le texte – j'en ai éprouvé de la déception – faisait apparaître un bon sens retors, toujours dicté par le rapport de forces plutôt que par le désintéressement, la générosité, la fraternité.

« Donne son dû au proche, au pauvre, au voyageur, ai-je lu, mais ne gaspille pas, car les gaspilleurs sont les frères des Satan, et le Satan ne sait pas gré à son Seigneur. »

« Ne garde pas ta main fermée vers ton cou, mais ne l'ouvre pas trop large non plus, tu serais blâmé et tu tomberais dans la misère. »

J'ai surtout été glacé par le verset s'adressant aux parents :

« Ne tuez pas vos enfants », leur disait-on.

Et je me suis convaincu que dans une civilisation où, comme dans toutes les régions du monde et parmi les populations menacées par la pénurie, l'on pratiquait l'infanticide, cette injonction du Seigneur et de son Prophète constituait un pas immense vers plus d'humanité.

Mais l'enfant ne devait pas être préservé parce qu'il était porteur, à l'égal de tout être humain, d'une étincelle divine, qu'il était à l'image du Dieu-homme, souffrant et sacré, vulnérable mais chargé de sens.

Le verset disait :

« Ne tuez pas vos enfants de crainte de la pauvreté. Nous leur donnerons notre nourriture comme à vous. Les tuer est une grande faute. »

De même, dans un des versets suivants, il y avait comme l'écho du « Tu ne tueras point » : « Ne tuez personne, Dieu l'interdit. »

Mais il était aussitôt précisé : « Dieu l'interdit, sauf en juste cause. »

Et la vengeance du proche de la victime du meurtre était admise dès lors qu'elle restait dans les « limites du meurtre ».

Où ici étaient l'amour et le pardon, la fraternité, le dépassement de l'intérêt ?

Le texte fixait des bornes à l'instinct. Il l'encadrait. Mais le sublimait-il ?

Le monde était ce qu'il était. L'homme devait être averti, mais ne pouvait devenir autre, meilleur, qu'en se vouant à Dieu, son Maître tout-puissant.

Et seulement cela.

Et puisque Dieu était seul, unique, qu'Il n'avait jamais connu la souffrance humaine, il ne s'agissait point de croire en la bonté, en la fraternité entre les hommes.

Il y avait les fidèles – et les autres. Il fallait suivre les conseils avisés et prudents du Prophète qui avait lui-même été conquérant, Seigneur sur Terre, chef de guerre, époux de plusieurs femmes, ordonnateur des châtiments, et non homme démuni, ne possédant rien d'autre que sa foi, convertissant seulement par la parole, l'exemple et le miracle.

Mais, j'en ai convenu, le Livre était plus complexe qu'il ne m'avait paru à première lecture.

Il rappelait aux croyants que la mesure devait guider leur choix.

« Ne cours pas après ce que tu ignores, disait l'un des versets. C'est seulement de tout ce que tu auras entendu, vu et compris qu'on te demandera compte. »

« Ne foule pas la Terre avec insolence, tu ne peux scinder la Terre, tu ne peux égaler en hauteur les monts. Tout cela est mauvais. Le Seigneur déteste. Voilà une sagesse que Dieu t'a révélée. »

J'ai refermé le Livre sacré.

Pour le croyant, chaque mot venait de Dieu et le Prophète avait écrit sous la dictée d'Allah.

Mais qui, parmi les fidèles, pouvait oser lire ce texte comme une œuvre issue d'un homme entendant la voix de Dieu, mais en même temps habitant de La Mecque et de Médine, engagé dans les luttes sociales, combattant contre telle tribu, ordonnant le massacre de telle autre, vivant selon les mœurs de ce VIIe siècle brutal et sanguinaire ? Époux d'une Aïsha d'à peine six ans ! Qui oserait se livrer au travail de l'exégèse ?

Si elle n'était pas concevable dès lors qu'on était un croyant, de quelle autorité disposerait l'infidèle qui s'aviserait de séparer, dans le Livre, ce qui relevait d'une vision de Dieu et ce qui était enraciné dans le sable de la réalité du moment ?

Il m'a semblé, regardant ce gros volume posé devant moi, qu'il ne pouvait surgir, de la civilisation qu'il inspirait, ni Luther, ni Calvin, ni érudits critiques, fidèles à Dieu en même temps que savants, historiens ou philosophes. Peut-être était-ce là le piège qui s'était refermé sur le peuple des croyants.

Ce Livre, on ne pouvait le tenir à distance pour mieux comprendre ce qu'il exprimait.

Il fallait seulement le croire, l'apprendre par cœur, le réciter.

Tels étaient son caractère unique, sa force et sa faiblesse.

C'était un bloc de foi indestructible, inaltérable.

Mais, de ce fait, cette puissance qui faisait du croyant un conquérant devenait un frein, un boulet qui le retenait, le rejetait en arrière.

Il m'a aussi semblé que ce Dieu, dans Sa parole, ne se faisait aucune illusion sur la créativité de l'homme. Et c'était là un autre enfermement. Peut-être parce que ç'aurait supposé qu'il lui accordât la liberté ?

Dieu exigeait prière et obéissance, Il excluait le doute et la pensée personnelle. Il n'attendait de l'homme qu'une soumission absolue à la loi. Il ne s'appuyait que sur l'instinct et le besoin, la foi et la crainte.

J'ai ressenti avec angoisse et même effroi l'absence du mot *amour*.

L'Autre n'était pas le semblable, l'égal, celui ou celle qui devenait, par un choix libre, l'« élu » de son cœur.

On partageait aux côtés de l'Autre la foi, le jeûne du mois de ramadan, le pèlerinage à La Mecque, mais ce qu'on lui devait en particulier, ce n'était pas l'amour, plutôt ce « cinquième pilier de l'islam » : l'aumône.

Or l'aumône n'est pas l'amour, ce don non pas d'une obole, mais de soi.

J'ai alors compris que foi personnelle, liberté de pensée, doute et amour, donc choix individuel, étaient une manière d'« être au monde », de vivre sa relation à Dieu, aux antipodes de celle voulue par une religion qui exigeait l'« abandon à Dieu », le respect absolu de la Volonté divine.

Il n'existait que Dieu et sa loi.

Chaque croyant n'était que la partie d'un Tout insécable, la communauté des fidèles, fermée sur sa foi, régie par sa loi.

Et j'ai craint que ne puisse naître de ce monde clos, soumis à ce Dieu exigeant et lointain, que le règne de la force et de la peur, ou celui de l'extase mystique.

Adieu, Voltaire !

XVI

Quelques jours plus tard, j'ai pu mesurer la fascination que la foi et la force exerçaient, la peur qu'elles suscitaient.

Je l'avais pressenti à la manière dont Karl Zuber, déférent et grave, m'avait convié à assister à une conférence-débat à laquelle il participerait avec « notre collègue » − « votre ami, je crois » − le professeur Pierre Nagel.

− Vous, Nori, et maintenant Nagel : la Sorbonne vient jusqu'à nous, modestes et hérétiques Genevois !

Il avait incliné la tête, souri avec cette fausse humilité que je détestais et qu'il m'était arrivé de qualifier de jésuitique.

Il avait ajouté :

− Mais c'est Malek Akhban qui vous attire, vous et Nagel.

J'avais dissimulé mon émotion, feint d'ignorer que Malek Akhban évoquerait, lors de cette soirée au Grand Théâtre, l'avenir de l'islam en Europe.

Ce thème, avait poursuivi Karl Zuber, était au cœur des réflexions d'Akhban. Il y consacrait une énergie et une détermination exceptionnelles, ainsi que des fonds considérables, car Malek Akhban était persuadé que la présence musulmane sur le continent européen était l'une des conditions de la paix mondiale, et qu'elle était déterminante pour l'avenir de la civilisation.

— Akhban est un humaniste, de la grande lignée des Averroès et des Avicenne. Il répond à Huntington et à tous les prophètes de malheur, à leurs élucubrations intéressées sur le choc des civilisations, la fin de l'Histoire, et *tutti quanti* !

Zuber m'avait pris le bras et avait décrit sentencieusement ce complot qu'il voyait se mettre en place.

— J'emploie ce terme à dessein, même si je le sais excessif, avait-il dit, mais il a le mérite de dévoiler les rouages de la machinerie américaine. Le pétrole, et donc la domination du Moyen-Orient, sont ses obsessions. Elle ne veut pas que s'établisse un ensemble euro-méditerranéen. Elle veut faire d'une pierre deux coups : en dressant les Européens contre les musulmans elle affaiblit l'Europe — c'est sa première victoire : nous serons en guerre sur notre sol contre les communautés musulmanes – et ainsi – second succès – avec son allié Israël, elle aura les mains libres de l'Égypte à l'Iran.

J'avais écouté non sans effroi Zuber reprendre les thèses les plus baroques qui permettaient d'associer l'anti-américanisme à l'antisionisme et, en fait, à l'antisémitisme.

Tout à coup, il s'était interrompu, me lançant un regard inquiet comme s'il venait de se rendre compte qu'il avait révélé le fond trouble de sa pensée.

– Mais vous savez tout cela ! avait-il conclu.

Il avait baissé la tête, puis m'avait expliqué que, naturellement, Pierre Nagel et lui joueraient un peu les faire-valoir de Malek Akhban. Mais c'était les propos de ce dernier qu'on attendait, et l'enjeu était si grand qu'il fallait oublier les questions de préséance.

– Il faut jeter nos ego par-dessus l'épaule, n'est-ce pas, cher ami ?, avait-il poursuivi. Et faire cause commune avec ceux qui, comme Malek Akhban, veulent ouvrir l'islam à la modernité et sont les alliés naturels de l'Europe.

J'avais longuement écouté Karl Zuber m'exposer plus tard les risques réels que prenait Akhban. Les Américains le soupçonnaient de vouloir contrecarrer leur politique.

– Elle est diabolique, avait répété Zuber. Ils se servent des intégristes pour faire exploser l'Europe ; leur objectif, c'est la balkanisation généralisée de notre continent et du Moyen-Orient. Or Akhban est pareil à Henri IV avant son ultime conversion. Il n'a pas encore dit « L'Europe vaut bien une messe », mais il rêve à une sorte d'édit de Nantes entre islam et catholicisme. Naturellement, les islamistes – soutenus par les États-Unis qui poussent en avant l'Arabie Saoudite – s'opposent à lui. Sa vie est menacée. Je vous parlerai de l'installation à Genève – et dans toute l'Europe – d'un courant intégriste, le salafisme, qui prône le retour à la vie des ancêtres, à une pratique rigoureuse de l'islam. Vous imaginez la régression, le péril ! Eh bien, ces salafistes contrôlent un grand nombre de mosquées en Europe. Le salafisme est le vivier du terrorisme ! Malek Akhban combat leur influence. C'est notre allié naturel.

Plusieurs fois j'avais été tenté d'interrompre Karl Zuber, de contester sa vision du monde qui n'était pas, dans son essence, différente de celle de Huntington.

Les civilisations s'y heurtaient toujours, mais dans le cadre d'alliances recomposées. L'Occident judéo-chrétien se brisait. L'islam s'associait à l'Europe catholique pour s'opposer au judaïsme, aux évangélistes et au protestantisme qu'exprimait l'axe Israël/États-Unis. Et Zuber m'avait chuchoté que Malek Akhban bénéficiait de l'appui des Jésuites.

– À Genève, nous sentons cela, avait-il insisté.

J'avais l'impression, à l'écouter, que le monde était mené par des fous !

Mais je l'avais laissé parler, troublé quand il avait ajouté que le mariage de Malek Akhban et de ma fille représentait un acte symbolique majeur.

– Les femmes ont toujours joué un rôle décisif dans l'union des civilisations, dans leur fusion, dans le métissage culturel. On se couche avec son identité prénuptiale, mais on se lève différent parce qu'on a partagé le même lit et uni les corps. La conversion de votre fille ne change rien à la valeur emblématique du choix de Malek Akhban. C'est l'association – le mariage ! – entre l'Europe et le Moyen-Orient. Le cauchemar des États-Unis, des intégristes, et bien sûr des juifs !

La manière dont il avait prononcé ce dernier mot m'avait glacé.

Puis il avait précisé que Malek Akhban lui avait laissé entendre que sa plus jeune épouse assisterait à la conférence, et peut-être même interviendrait-elle.

L'émotion, l'espoir avaient alors refoulé mon indignation.

J'ai espéré rencontrer Claire dans le hall du Grand Théâtre où je suis arrivé dès 20 heures.

J'ai reconnu parmi les nombreux vigiles celui qui m'avait accueilli rue de Hesse, au siège de la World's Bank of Sun. Son regard m'a à peine effleuré, mais la moue qu'il a esquissée a confirmé le mépris dans lequel il me tenait.

Je suis allé d'un bout à l'autre du hall, anxieux, me persuadant peu à peu que Claire ne pouvait s'y trouver. Elle attendait sans doute dans les coulisses le début de la conférence en compagnie de Malek Akhban.

Je me suis ainsi calmé et j'ai pu observer les jeunes gens qui se tenaient à l'écart des jeunes filles voilées.

Il n'y avait pas d'éclats de voix, comme souvent quand la foule se presse devant les portes encore fermées d'une salle de spectacle.

Je me suis glissé parmi ces groupes et j'ai croisé Pierre Nagel qui pérorait.

Je l'ai entendu proclamer que la rencontre entre l'Islam et l'Europe ne pouvait pas être seulement un mariage de raison, mais bel et bien une union sacrée. D'ailleurs, elle s'était nouée dès le VIIIe siècle, et il avait l'intention, ce soir-là, d'insister sur ce point. L'Europe et l'Islam s'étaient constitués ensemble par la confrontation, certes, mais n'était-ce pas ainsi que naissaient les cultures communes ?

Il m'a aperçu, est venu vers moi, bras ouverts, s'excusant de ne pas m'avoir prévenu de son arrivée, mais il avait été certain de me retrouver ce soir-là. Et puis, il avait eu beaucoup à faire : acheter des cigares de La Havane, revoir une vieille amie...

Il m'a laissé entendre que ce n'était là qu'une façon de parler, que cette étudiante faisait montre de qualités intellectuelles remarquables. Il s'est esclaffé :

– Cher Nori, nous partageons avec nos amis musulmans le goût de la polygamie. Comment dis-tu ? « Polygamie de fait » ? : excellente définition !

Heureusement, on l'a interpellé et j'ai pu m'éloigner, pénétrer dans la salle, m'asseoir au dernier rang dans le fauteuil qui se trouvait au bord de l'allée centrale.

J'ai vu ainsi passer près de moi puis prendre place cette foule dont j'avais observé le comportement.

Les jeunes gens et les jeunes filles musulmans se sont installés de part et d'autre de l'allée. Leur attitude était réservée. Ils chuchotaient, regardaient droit devant eux. On les eût dit dans un édifice religieux, attendant le prêche de l'imam.

Ce comportement tranchait avec celui des étudiants et enseignants de l'université de Genève qui composaient un public chaleureux. Il me rappelait celui des meetings d'extrême gauche des années 1970-1980 auxquels j'avais si souvent, si aveuglément participé.

Ces « camarades » se donnaient l'accolade, ne baissaient la voix que lorsqu'ils côtoyaient des jeunes filles voilées devant lesquelles ils s'effaçaient, respectueux et timides, avant de reprendre leurs bruyantes conversations. L'islam avait peut-être pour eux la séduction d'une idéologie révolutionnaire, alors que toutes celles qui avaient envahi le XXe siècle avaient dépéri.

Puis avaient surgi les combattants du djihad, les moudjahidin. Ils s'étaient dressés contre l'impérialisme, le colonialisme, et continuaient aujourd'hui la guerre sainte contre les États-Unis.

Ils pouvaient apparaître comme l'avant-garde des pauvres du Sud, exploités et pillés. Et leur religion, qui exigeait obéissance et discipline qui faisaient de tous les hommes des égaux devant Dieu l'unique, avait pu séduire des esprits en quête d'absolu, toujours prêts à adorer un Guide, à suivre un Prophète.

Et j'ai repensé à ce philosophe communiste dont j'avais jadis feuilleté un livre intitulé *Dieu est mort*. Puis ce Roger Garaudy, docteur de l'université marxiste-léniniste de Moscou, s'était converti à l'islam après avoir été, dans sa jeunesse, élève d'un séminaire, et il avait, avec des mots à peine nouveaux, poursuivi sa lutte opiniâtre contre « l'impérialisme américain et son valet Israël » !

Fascinant glissement qui m'avait d'autant plus angoissé que l'islam était bien plus qu'une idéologie : une religion qui exigeait soumission et sacrifice.

Le fanatisme des révolutionnaires m'avait tout à coup semblé un enfantillage, comparé à cette foi qui associait la discipline totalitaire d'un parti à l'absolu d'une croyance en Dieu.

La salle s'est remplie.

La rangée dont j'occupais l'extrémité est restée longtemps vide, puis, peu à peu, des hommes aux visages gris, au regard las, leurs costumes sombres serrant leurs corps replets, se sont installés près de moi qui devais leur ressembler.

Nous étions les vieux raisonnables qui avions vécu tant d'expériences, qui avions cru en un si grand nombre de dieux, qui les avions vu tomber de leur socle. Nous étions devenus des sceptiques, des hommes du doute, mais nous restions des curieux.

Nous avons ainsi formé, au fond de la salle, un groupe à part.

Mon voisin, un homme maigre aux yeux profondément enfoncés dans les orbites s'est, en s'asseyant, incliné vers moi en murmurant qu'il était avocat, écrivain, et se nommait Albert Weissen. J'ai dû à mon tour décliner mon nom.

Il a hoché la tête.

– Le professeur Nori..., a-t-il dit. Rome, votre commentaire sur la *Guerre des Juifs* : remarquable ! La figure de Flavius Josèphe, qui écrit là son chef-d'œuvre est énigmatique. Une vie de trahison qui est en même temps un acte de fidélité à son peuple ! Trahir pour maintenir une tradition, pour éviter qu'elle ne soit tout entière exterminée. Subir l'opprobre justifié et ne pas fléchir sur l'essentiel, garder la foi juive vivante après la destruction du Temple. C'est une figure qui m'a beaucoup marqué. La vraie fidélité à ses origines, n'est-ce pas de survivre à n'importe quel prix ? Débat terrible, n'est-ce pas ?

Il s'est penché vers moi et a précisé qu'il était juif, bien sûr.

– Désormais, il faut se définir...

Je n'ai pas osé lui dire que j'étais catholique, et j'ai répondu :

– Français.

Weissen avait souri :

– République, laïcité, liberté, égalité : un idéal bien menacé, n'est-ce pas ?

Karl Zuber est venu m'inviter à m'installer au premier rang, réservé aux personnalités.

– Tout ce qui compte à Genève et je dirai même en Suisse est ici : professeurs et banquiers. Malek Akhban attire. Il y a aussi beaucoup de musulmans venus de la région lyonnaise.

Zuber m'a indiqué en outre que trois équipes de télévision – suisse, française et, la dernière, qatarie – étaient installées dans l'une des loges.

– Les propos de Malek Akhban ont une résonance mondiale, a-t-il poursuivi. Il intrigue, il attire, il inquiète. C'est un héritier. Il s'appuie sur ce que Nasir Akhban lui a légué, la World's Bank of Sun, mais aussi les structures de la confrérie *Futuwwa*. Sa notoriété, il la doit néanmoins à son aura personnelle, à son courage, à l'ampleur de sa vision prospective. Il ose appeler les choses par leur nom.

Il a posé la main sur mon épaule.

– Et il est votre beau-fils ! Malek Akhban, gendre du professeur Nori ! Voilà qui préfigure l'évolution de notre commune civilisation !

J'ai détesté qu'il parlât si fort, que mon voisin avait sûrement entendu.

Je n'ai pas répondu à Karl Zuber qui, une fois de plus, ressassait que nous avions, en Europe, besoin de Malek Akhban. Nous comptions tant d'ennemis puissants, d'incendiaires, que nous ne pouvions pas nous permettre de rejeter un homme qui désirait être notre allié et nous aider à éteindre le feu !

Puis il a tout à coup bredouillé une excuse et s'est précipité vers la scène qui venait de s'éclairer cependant que la salle du Grand Théâtre était plongée dans l'obscurité.

XVII

J'ai vu cette jeune femme voilée entrer la première sur scène et j'ai eu l'impression que ma poitrine se fendait tant la douleur qui me cisaillait du cœur à la gorge, était profonde.

Mais ce n'était pas Claire et ma souffrance s'en est encore trouvée avivée.

J'ai fermé les yeux et quand je les ai rouverts après qu'eurent cessé les applaudissements, j'ai été fasciné par cette mise en scène de la force.

Malek Akhban était seul debout, buste droit, bras tendus, mains appuyées à un pupitre portant son nom en lettres arabes et romaines.

Loin derrière le pupitre étaient assis la jeune femme et un jeune homme aux traits fins soulignés par un mince collier de barbe, portant une calotte et une tunique blanches, puis, à gauche, les professeurs Pierre Nagel et Karl Zuber.

En tant que grand ordonnateur, Malek Akhban a ouvert la séance en quelques mots entre lesquels il laissait un vaste espace pour que les applaudissements pussent le remplir :

« Dialogue ouvert… » – applaudissements – « Dignité et respect de l'Autre… » – applaudissements – « Nécessaire reconnaissance des différences… » – applaudissements – etc.

Puis il s'est tourné vers ceux qu'il avait appelés les « quatre témoins de bonne foi », donnant la parole d'abord à Pierre Nagel qui, d'une voix qui se voulait enthousiaste, a évoqué « les rencontres fructueuses qui, depuis les origines, ont fait de l'Europe le terrain unique de l'enrichissement mutuel de chaque société ».

Nagel a poursuivi sur un ton humble, invitant les Européens et d'abord ses compatriotes français au « douloureux travail de la mémoire qui doit regarder en face les crimes commis en notre nom contre les peuples musulmans que nous avons opprimés, martyrisés, tentant même de les arracher à leur foi… »

Il a parlé sans même avoir été invité à se lever, penché en avant, les avant-bras appuyés sur les cuisses, tenant le micro à deux mains, ne regardant pas la salle, comme s'il avait honte.

Puis Malek Akhban a interrompu les longs applaudissements qui avaient suivi l'appel de Nagel à la contrition et à la repentance, et, d'un signe, il a demandé à la jeune femme de venir parler au pupitre.

Voix vibrante, corps figé, regard droit, violence des mots.

Elle a fustigé l'Occident corrompu qui avait fait de la femme un objet sexuel et qui, en prétextant la libérer, l'avait soumise aux perversions. J'ai imaginé que ces phrases avaient été écrites par Claire. Elles me semblaient prolonger, amplifier celles que ma fille m'avait adressées dans cette lettre dont le souvenir me brûlait.

« Regardez les publicités, avait continué la jeune femme d'une voix plus aiguë, voyez ces femmes et regardez-moi, regardez mes sœurs ! Qui exprime le mieux la dignité de la femme : nous qui voulons être voilées, ou celles auxquelles on impose de montrer, de vendre, de louer leurs corps ? Et ces malheureuses devenues marchandises se font gloire d'être passées par les bras de plusieurs centaines d'hommes ! Et les livres dans lesquels elles racontent leur vie sont primés, vendus à des dizaines de milliers d'exemplaires ! Est-ce cela qu'on veut nous imposer ? Soyons fidèles, mes sœurs, à nos règles, respectons nos corps et nos vies, soyons pures ! Mieux vaut la mort que cette déchéance… »

Puis ce fut le tour du jeune homme – banal –, ensuite de Zuber, servile autant que l'avait été Nagel, et enfin de Malek Akhban.

J'ai regardé les visages de Nagel et de Zuber qui exprimaient la soumission en l'écoutant déclarer d'une voix calme qu'en Europe les musulmans n'étaient, par leur nombre qu'une minorité, mais qu'ils étaient une majorité de par les principes et les valeurs qu'ils défendaient, qu'ils représentaient et qu'ils prônaient.

Mon voisin, Albert Weissen, s'est alors penché vers moi :

– Voilà l'idée centrale, l'axe autour duquel tout le reste s'ordonne. La minorité musulmane est la majorité puisqu'elle prône la vraie, la seule religion ! On doit accepter sa loi, car l'islam est plus qu'une religion : un ensemble de règles juridiques, de coutumes. L'islam a vocation à gouverner, puisqu'il est la vérité. La situation actuelle, où cette majorité n'est pas reconnue, n'est que transitoire.

Weissen avait dû se rendre compte que ses remarques chuchotées me dérangeaient, m'empêchaient d'entendre la péroraison de Malek Akhban, mais il ne s'est pas tu pour autant :

– Ça ne sert à rien d'écouter ! Le reste n'est que fioritures, manières de dissimuler l'objectif : faire de toute terre une terre d'islam.

Au bout de quelques minutes, je l'ai rabroué, lui demandant de se taire, lui faisant savoir que je ne partageais pas ses conclusions.

— Foutez-moi la paix, je déteste les fanatiques !,
ai-je murmuré.

Il n'a paru ni étonné ni choqué par mes propos.

— Si la peur de voir la vérité ne vous aveugle pas,
a repris Weissen, si vous ne choisissez pas de vous
soumettre à la force, vous partagerez un jour mes
conclusions. Mais il sera peut-être trop tard. Mon
père, en 1933, a quitté l'Allemagne. À Paris, il a
rencontré Blum et quelques autres. Personne ne l'a
cru. C'est la vieille légende de Cassandre. Malek
Akhban est dans le cheval de Troie, à l'intérieur de
la ville.

Je me suis levé et ai quitté la salle, traversant le
hall sous le regard soupçonneux des vigiles. En
faisant le tour du bâtiment, j'ai découvert la sortie
de secours qui donnait sur un parking où station-
naient plusieurs voitures.

J'ai pensé que Malek Akhban emprunterait
cette issue pour quitter le théâtre, et si Claire
l'avait accompagné, c'était l'occasion ou jamais de
la voir, de l'interpeller.

La rue étroite m'a semblé déserte.

Je me suis glissé dans l'encoignure d'une porte,
face au parking.

J'ai entendu les applaudissements rythmés se
prolonger.

Quand le silence s'est rétabli, je suis sorti de l'ombre et me suis dirigé vers les voitures.

Au moment où je me suis engagé sur la chaussée, j'ai été empoigné par deux hommes que je n'avais pas vu s'avancer et qui ont surgi de la nuit, muets et brutaux, me plaquant contre un mur, l'un me bâillonnant de sa paume, m'écrasant les lèvres, l'autre me fouillant tout en me tordant le bras.

Je me suis débattu contre ces corps sans visage et sans voix, puis on m'a projeté en avant et je suis retombé lourdement, hurlant parce que ma main brisée avait heurté le bord du trottoir ; ç'avait été comme si toutes les douleurs passées envahissaient à nouveau ma paume, mon bras, mon épaule et ma nuque.

J'ai crié de souffrance et d'humiliation et je n'ai eu que le temps de quitter la chaussée, évitant ainsi d'être renversé par les deux voitures qui venaient de quitter le parking du Grand Théâtre et roulaient déjà vite.

Je n'ai même pas pu serrer le point et le brandir vers leurs vitres noirâtres.

XVIII

J'ai examiné ma main déformée.

J'ai eu de la peine à saisir puis à feuilleter le journal que j'avais posé sur mes genoux. J'ai été contraint de m'aider de la main gauche, ce que je m'étais refusé à faire jusque-là comme pour nier la fracture, rouverte, de ma main droite.

Je n'avais toujours pas voulu consulter un médecin.

J'ai bloqué le journal avec mon coude et j'ai enfin vu cette photo de Malek Akhban, annoncée en première page, qui le montrait sur la scène du Grand Théâtre à la fin de la conférence-débat.

Près de lui, cette jeune femme dont le foulard serré cachait les cheveux et le cou, donnant à son visage une rondeur poupine, c'était Claire, rayonnante et fière, levant la tête, le regard admiratif, vers son vieil époux Malek Akhban.

J'ai retourné ma main souffrante : les doigts recroquevillés étaient le signe, la preuve de mon impuissance.

Le journal a glissé de mes genoux et est resté ouvert sur le tapis. Je me suis penché et j'ai lu le titre qui accompagnait la photo :

MALEK AKHBAN : l'ouverture aux chrétiens

J'ai voulu ramasser le journal, mais j'ai eu de la peine à me baisser.

Il m'a semblé que jamais mon corps n'avait été aussi endolori, ankylosé, comme si les coups reçus deux jours auparavant venaient seulement de me blesser.

J'ai pu atteindre le journal au moment où maître Albert Weissen est entré dans le salon d'attente, m'invitant à le suivre dans son bureau.

J'ai hésité, reposé le journal sur la table basse, le repliant, faisant ainsi disparaître cette photo de Claire, heureuse près de cet homme qui incarnait la force, la conviction, la réussite, la notoriété et la foi.

Tout à coup, ma démarche auprès d'Albert Weissen m'a paru vaine : comment aurais-je pu déposer plainte contre les hommes qui m'avaient agressé alors que je n'avais même pas vu leurs visages, entendu leurs voix ? Et comment, dans ces conditions, impliquer Malek Akhban ?

Et il m'a suffi de cette photo, de voir ma fille énamourée pour imaginer que si j'avais accusé Akhban de polygamie, elle aurait témoigné, argué de sa totale liberté, et aurait peut-être même pu intenter une action en justice contre moi pour diffamation, etc.

J'ai dévisagé Albert Weissen qui s'était effacé pour me laisser pénétrer dans son bureau.

Il a souri, hoché la tête, avançant ses lèvres, dessinant ainsi une moue dubitative.

On a toujours raison d'hésiter à saisir la justice, me dit-il.

Mais je ne devais pas m'inquiéter, je ne m'étais engagé en rien.

Il était heureux de me voir pour bavarder, échanger quelques idées, pourquoi pas ? Il n'allait pas me facturer une consultation ! Il concevait notre rencontre comme amicale.

Après tout, n'était-ce pas lui qui s'était présenté, l'avant-veille, au Grand Théâtre ?

D'un geste à peine esquissé il m'a invité à m'avancer.

– Vous n'en demandiez pas tant. Je vous ai bien ennuyé, avec mes remarques, n'est-ce pas ?

J'ai découvert son bureau aux murs tapissés de rayonnages surchargés de livres reliés, longues séries de dos noirs interrompues par des taches de cuir fauve ou carmin. Les livres étaient aussi mon décor, mon univers. Je me suis senti rassuré.

Weissen m'a observé, les sourcils levés.

J'ai été une nouvelle fois frappé par ses yeux, grands mais profondément enfoncés sous des arcades sourcilières proéminentes. Le visage était osseux, donnant l'impression d'une dysharmonie, presque d'un désordre des traits, la partie gauche un peu déséquilibrée par rapport à la droite, l'œil gauche plus petit, caché plus profond dans l'orbite.

Et cependant à aucun moment je n'ai pensé « laideur ». Plutôt : personnalité forte, déterminée, comme si ce visage était l'une de ces signatures anguleuses soulignées d'un trait ascendant.

– Malek Akhban…, a murmuré Weissen.

Il s'est caressé le menton.

– Votre dépôt de plainte pour agression, j'y ai réfléchi depuis votre coup de téléphone, ça ne tient pas, et vous le savez. Quant à votre fille… Je me suis renseigné. Elle vaque librement à ses occupations. Limousine, chauffeur, garde du corps… Elle n'est que l'une des riches habitantes de Genève. Pourquoi voulez-vous qu'un tribunal l'oblige à vous rencontrer ? On vous déboutera et on vous condamnera aux dépens. Les journaux vous présenteront comme un père jaloux d'un mari admirable, et on conclura donc que vous êtes un islamophobe qui refuse à sa fille le libre arbitre. À Genève, c'est une notion qui compte. Avez-vous songé que votre fille pourrait…

Je l'ai interrompu. J'avais en effet envisagé qu'elle se dressât contre moi.

J'ai pris appui sur les accoudoirs du fauteuil et j'ai esquissé un mouvement pour me lever.

Albert Weissen a tendu le bras, m'invitant à ne pas bouger.

– Si nous parlions de Monsieur votre gendre ?

Je suis resté quelques instants mi-assis, mi-debout, puis j'ai eu l'impression que je défaillais et je me suis laissé retomber dans le fauteuil.

J'ai fermé les yeux.

J'ai écouté Albert Weissen.

À l'entendre, Malek Akhban était un homme d'une intelligence subtile, ayant une conscience aiguë de notre société, des rapports de forces qui la structuraient. Il flattait celui-ci, faisait un don à celui-là, invitait tel autre. Il avait l'habileté et la lucidité d'un chirurgien, et une foi absolue qui effaçait chez lui tout doute, tout scrupule.

Weissen s'est levé, est sorti du bureau puis est revenu avec le journal que j'avais déployé. Il s'est mis à lire l'interview que Malek Akhban avait accordée après la conférence.

Akhban avait longuement cité la sourate 5 : « Tu trouveras que les gens les plus proches de ceux qui croient, par l'amitié, sont ceux qui disent : "Nous sommes chrétiens." C'est que, parmi ceux-ci, se trouvent des prêtres et des moines et que ces gens ne s'enflent point d'orgueil... Quand ils entendent ce qu'on a fait descendre vers l'Apôtre, tu les vois répandre les larmes de leurs yeux à cause de ce qu'ils savent de vérité. Tu les entends s'écrier : "Seigneur ! Nous croyons ! Inscris-nous donc avec les témoins." »

– Vous entendez ?, s'est exclamé Weissen. Et le journaliste conclut : « Malek Akhban souligne que, selon le Prophète, les chrétiens sont les plus proches amis des musulmans : un rappel décisif ! »

L'avocat a frappé du plat de la main son bureau.

– Une parcelle de vérité. Car la sourate 5 précise d'abord que « les gens les plus hostiles à ceux qui croient sont les juifs ». Donc, on commence par séparer juifs et chrétiens ! Et dans la même sourate, on lit, mais Akhban se garde bien de le mentionner : « Impies ont été ceux qui ont dit : "Allah est le troisième d'une triade." Il n'est de divinité qu'une divinité unique. S'ils ne cessent point leur dit, ceux qui parmi eux sont impies seront touchés par un tourment cruel. » En fait, juifs et chrétiens, Monsieur le professeur Nori, nous sommes des infidèles voués au statut d'inférieurs, tolérés mais condamnés à l'enfer, « car Allah ne pardonne point qu'il lui soit donné des associés… Quiconque associe à Allah, commet un immense péché ».

Weissen s'est penché, les avant-bras calés sur son bureau :

– Pourquoi pas ? Chaque religion a sa logique, mais Malek Akhban dissimule la réalité sans d'ailleurs mentir autrement que par omission. Il a un objectif stratégique. Il ne peut rappeler, comme certains prédicateurs, que le Prophète a stipulé : « Allah effacera les infidèles. » Il lui faut des alliés dans le camp qu'il veut conquérir, des personnalités du type de celles que Lénine appelaient les « idiots utiles », ces chers professeurs Nagel et Zuber que la force fascine et que la lâcheté paralyse.

Weissen s'est à nouveau levé et s'est emparé d'un livre sur le sommet d'une pile posée à même le sol, contre les rayonnages.

Il est revenu vers moi et a poursuivi :

– Lisez Sayyid Qutb, c'est l'un des maîtres cachés de Malek Akhban, qu'il place sûrement sur le même plan que son père. Mais Nasir Akhban était déjà, dès les années trente, un stratège, alors que Qutb, Frère musulman, était d'abord un prédicateur guerrier qui osait dire : « Il existe deux camps dans le monde, le parti d'Allah et le parti de Satan ; le parti d'Allah qui se tient sous la bannière d'Allah et porte ses insignes ; et le parti de Satan qui comprend toutes les communautés, les groupes, races et individus qui ne se tiennent pas sous la bannière d'Allah. » Ou encore : « Il n'y a pas de gouvernement si ce n'est de Dieu, pas de législation sinon de Dieu, pas de souveraineté de quiconque sur quiconque, car toute souveraineté vient de Dieu. » Voilà qui est clair, n'est-ce pas ? C'est l'absolu du totalitarisme. Mais, pour l'instant, c'est indicible en Europe. Et d'ailleurs, même dans les pays d'islam ! Le président égyptien Nasser a fait pendre Qutb. Et les Frères musulmans, les gens d'Al-Qaïda sont traqués, exécutés. Les musulmans s'entretuent donc. Mais même chez les plus modérés des croyants, il y a l'idée que deux camps existent, et deux seulement : celui d'Allah et celui de Satan.

Weissen est retourné s'asseoir à son bureau.

– Cher professeur Nori, vous êtes dans mon camp, même si vous ne le voulez pas. Vous n'aimez pas qu'on vous manipule, qu'on vous bafoue, et vous n'avez pas l'âme d'un serviteur, d'un collabo. Vous n'êtes pas non plus un dénonciateur.

Il s'est tu longuement, a soupiré puis repris :

– Je sais, ce sont là des mots qui vous paraissent dater d'un autre siècle. Mais j'ai connu, enfant, les persécutions antisémites. Depuis lors, je me suis beaucoup intéressé à l'histoire du nazisme. Vous aviez des nazis corrects, courtois, diplomates et policés. L'ambassadeur de Hitler à Paris, monsieur Otto Abetz, était un homme bien introduit dans les salons parisiens, très apprécié, estimé des milieux intellectuels qui, lorsqu'on leur parlait de *Mein Kampf*, haussaient les épaules. Pourquoi fallait-il prendre au sérieux ce qui n'était qu'un texte de propagande pour entraîner et gruger le peuple ? Et d'ailleurs, Hitler s'était débarrassé des plus grossiers, des plus fanatiques de ses partisans, les membres des Sections d'assaut, des sortes de moudjahidin du nazisme. Liquidés dans la Nuit des longs couteaux ! Tout comme Staline avait fait disparaître les premiers bolcheviks. Les totalitarismes, Nori, vous le savez, ont des histoires qui se ressemblent. On y épure beaucoup, mais on n'en reste pas moins une organisation fanatique qui professe qu'il n'y a que deux camps : celui de Staline, de Hitler, celui de la Vraie Foi, et puis l'autre, celui des opposants, des trotskistes, des juifs, des chrétiens, des infidèles, des apostats...

J'ai écouté Weissen avec une attention passionnée.

Il m'a semblé que j'avais pressenti ce qu'il m'exposait, qui était de l'ordre de l'évidence mais que j'aurais été incapable de formuler.

Tout à coup, il s'est interrompu, il m'a dévisagé comme s'il m'avait découvert, alors qu'il m'avait parlé avec éloquence depuis plus d'une heure.

Je l'ai senti las, quasi indifférent, comme un avocat qui, sa plaidoirie achevée, regarde les juges et le jury avec un scepticisme teinté de mépris, presque de dégoût.

Il ne m'a pas retenu quand, en me contorsionnant, je me suis douloureusement arraché au fauteuil.

J'ai même cru qu'il ne me raccompagnerait pas.

Je suis resté debout, incertain, murmurant : « Très intéressant… juste, oui, très juste… »

M'a-t-il entendu ?

Il s'est enfin levé, passant devant moi comme s'il avait eu hâte de m'ouvrir les portes, d'en finir avec cette rencontre qu'il m'a semblé regretter, comme s'il avait inutilement dépensé son énergie pour une cause cent fois plaidée.

— Je parle, je parle, a-t-il dit d'une voix sarcastique. J'écris, aussi. On m'écoute, on me lit. Malek Akhban, l'Otto Abetz de l'islamisme ? On se moque ou on m'applaudit. Mais qu'est-ce que cela change ?

Il a hoché la tête.

– Je suis en procès depuis mon enfance, cher professeur Nori. Mais je ne sais plus exactement quand je suis né : au temps de Flavius Josèphe et de la destruction du Temple de Jérusalem par Titus, ou bien l'année où Monsieur Hitler publiait *Mein Kampf* ? À moins que ce ne soit tout récemment, quand on a lynché deux soldats israéliens et égorgé devant une caméra un journaliste américain et juif ? ou encore torturé à mort un jeune juif à Paris ?

Sur le seuil, il m'a saisi le bras.

– Ma fille est médecin en Israël, a-t-il murmuré.

Puis, après un long silence, il a ajouté qu'il souhaitait que nous nous revoyions, que nous reparlions de tout cela : des Sections d'assaut, du djihad, de Malek Akhban et des islamistes.

– L'Histoire est d'abord une affaire humaine, n'est-ce pas ? Et comme les hommes changent peu, voire peut-être pas du tout, les situations, depuis des millénaires, se reproduisent. Il y a toujours un Flavius Josèphe, un Otto Abetz, un Malek Akhban – et des pères qui se soucient du sort de leurs filles...

XIX

Nos filles, Esther Weissen et ma Claire, devenue Aïsha, étaient notre commune souffrance.

Cependant, nous ne parlions jamais d'elles lorsque nous nous retrouvions, tous les quinze jours, dans un restaurant de la petite ville de Hermance, sur la rive orientale du Léman, à une quinzaine de kilomètres au nord de Genève.

C'était Albert Weissen qui avait pris l'initiative de la première rencontre.

Il m'avait téléphoné dès le lendemain de ma visite à son cabinet.

Il s'était excusé de la fatigue qui, tout à coup, l'avait terrassé, de la manière abrupte dont nous nous étions séparés, de son bavardage, aussi ; mais, comme je l'avais sans doute compris, il était un obsessionnel ; il était inexcusable, mais plaidait les circonstances atténuantes.

Il m'avait invité au restaurant *Le Mestral*, qui portait le nom de la demeure des seigneurs de Hermance.

Il aimait, m'avait-il dit, cette cité pleine de vestiges médiévaux.

– C'est l'Histoire qui nous fait, avait-il conclu, et je veux vous parler d'histoire.

J'étais arrivé le premier. J'avais marché le long des berges en contrebas de la terrasse du restaurant.

Le temps était clair et j'avais nettement distingué, sur l'autre rive, vers le sud, le port de Versoix, l'embarcadère et même, m'avait-il semblé, le mur ceinturant la propriété de Malek Akhban. Mais la maison était dissimulée derrière les arbres.

J'avais été paralysé comme si on m'avait jeté un sort, et n'avais même pas entendu s'approcher Albert Weissen. Peut-être était-il resté près de moi plusieurs minutes avant que je ne me tourne vers lui ? Nous nous étions dévisagés, muets et graves.

À chacune de nos rencontres il y eut ainsi entre nous des moments de silence, et nous savions l'un et l'autre que le souvenir de nos filles nous hantait en ces instants.

Chacun de nous attendait qu'Esther ou Claire s'éloignent et nous laissent reprendre notre conversation.

Le plus souvent, c'était Albert Weissen qui parlait.

Il mangeait si vite que j'avais à peine commencé mon plat qu'il avait terminé le sien, repoussant son assiette, sortant de ses poches des dizaines de petits carrés de papier chiffonnés qu'il plaçait devant lui.

Il en faisait glisser quelques-uns vers moi.

– Gardez ça, Nori, c'est l'adresse de Rudolf Groener, à Fribourg, il sait tout sur les relations entre le père de Malek Akhban et les milieux nazis avant et pendant la guerre. C'est un vieil homme qui ressemble à Ernst Jünger ; d'ailleurs ils se connaissaient bien et s'appréciaient. Groener considère que Jünger est le plus malin des Allemands qu'il ait jamais rencontré, un vrai nationaliste, rallié aux nazis, mais qui a réussi à séduire les Français. François Mitterrand lui rendait régulièrement visite, cela amusait beaucoup Groener mais ne l'étonnait pas : après tout Mitterrand avait bien été séduit par Pétain, pourquoi pas Jünger ?

Au début, j'avais été irrité par les digressions d'Albert Weissen, mais j'avais découvert que ce parcours apparemment erratique avait un sens. Il me guidait dans un labyrinthe qui conduisait à Nasir Akhban et aux dirigeants du Reich.

Durant une dizaine d'années, à partir de 1934-1935, des liens étroits s'étaient tissés entre certains islamistes – Nasir Akhban et ceux de sa confrérie *Futuwwa* – et les nazis. Weissen était même persuadé – mais il n'en avait pas la preuve – qu'une partie des fonds qui avaient permis à Nasir Akhban de fonder la World's Bank of Sun provenait de Berlin. Groener, rapportait-il, s'esclaffait encore en racontant comment il avait, avec d'autres diplomates et agents allemands, joué une partie machiavélique : ils avaient conclu avec l'Agence juive un accord de transfert de juifs d'Allemagne en Palestine. Ce pacte, la Haavara, avait permis, en trois ans, d'y multiplier par sept le nombre d'immigrés allemands. Cela gênait les Anglais, rendait fous les Arabes, mais rapportait des sommes considérables à l'Allemagne, car chaque « transfert » se monnayait au prix fort. Cet argent-là servait à financer des organisations musulmanes qui étaient à la fois hostiles aux Anglais et aux juifs !

Nasir Akhban avait joué un rôle majeur dans cette opération. Il avait accompagné Hadj Amine el-Husseini, le mufti de Jérusalem, à Rome et à Berlin, quand celui-ci s'était persuadé qu'il fallait lancer une guerre sainte contre les Anglais. Groener avait alors conseillé d'en finir avec la politique des « transferts » et de s'engager totalement dans le soutien aux mouvements arabes.

C'est Groener qui avait préparé la rencontre du mufti avec Hitler. Nasir Akhban y avait assisté. Les actes de sabotage contre les Anglais s'étaient dès lors multipliés en Palestine, en Iran, en Irak, en Égypte. Plus tard, Hitler avait autorisé la création de divisions de Waffen-SS musulmanes en Yougoslavie.

Albert Weissen avait poussé vers moi un petit carré de papier et j'y avais lu :

« Divisions Handschar, Kama, Skanderbeg. Déclaration de Himmler, en 1944, rapportée dans le *Journal* de Goebbels, qui s'étonne : "Je n'ai rien contre l'islam, me déclare Himmler, parce que cette religion se charge elle-même d'instruire les hommes en leur promettant le ciel s'ils combattent avec courage et se font tuer sur le champ de bataille ; bref, c'est une religion très pratique et séduisante pour un soldat." »

Le grand mufti de Jérusalem, qui avait incarné cette politique pro-nazie et qu'on avait vu passer en revue les divisions de Waffen-SS musulmanes qui s'étaient illustrées par leur cruauté dans les Balkans, n'avait évidemment pas été poursuivi après la guerre. Les Anglais l'avaient protégé !

– Et Nasir Akhban s'est installé à Genève, avait conclu Weissen. Sa banque a prospéré. Quant à son fils Malek Akhban, ce n'est plus seulement un banquier, mais l'intellectuel démocrate et modéré que nous connaissons.

Weissen s'était levé.

– Tout cela est instructif, n'est-ce pas, Nori ?

Nous avions commencé à marcher sur le chemin qui suit la rive.

– Et certains s'étonnent que tant de nazis aient trouvé refuge en Syrie ou en Égypte !

J'avais répondu que des dizaines de milliers de musulmans algériens, marocains, tunisiens, avaient combattu dans les armées alliées, françaises notamment, contre l'Allemagne nazie. Certains même étaient entrés parmi les premiers dans le nid d'aigle de Hitler, à Berchtesgaden.

Weissen avait d'abord paru ne pas m'entendre. Puis il m'avait rétorqué que l'antisémitisme était le socle commun au nazisme et à l'islamisme. Et que, de toutes les manières, il n'y avait, aux yeux des islamistes, que les croyants et les infidèles, même si on pouvait, à certains moments, utiliser dans l'intérêt d'Allah certains de ces derniers.

– La ruse, la dissimulation sont admises, mais le Coran précise, mon cher Nori : « Ne prenez donc aucun protecteur parmi les incrédules, jusqu'à ce qu'ils émigrent dans le chemin de Dieu. S'ils se détournent, saisissez-les, tuez-les partout où vous les trouverez… »

Il ne s'était d'ailleurs pas passé une seule de nos rencontres sans que Weissen ne me fît ainsi découvrir – ou ne me forçât à me remémorer – une sourate guerrière, lourde de menaces.

– Cela vaut pour vous comme pour moi, cher Nori. Pour nous tous, car la modération, le respect d'autrui, la tolérance ne constituent qu'une mince pellicule à la surface de l'Histoire. Les courants profonds sont terribles. L'Histoire est un volcan jamais apaisé, Nori. Il gronde toujours, mais nous préférons ne pas l'entendre ; nous reconstruisons des villes sur les pentes, jusqu'au bord du cratère. Et puis c'est l'explosion, les cendres, la lave. Nous sommes tous des habitants de Pompéi. Écoutez cette autre sourate, Nori : « La récompense de ceux qui font la guerre à Allah et à son Apôtre, et qui s'évertuent à semer la corruption sur la terre, sera d'être tués ou crucifiés, ou d'avoir les mains et pieds opposés tranchés, ou d'être bannis de leur pays. Cela sera pour eux opprobre en la vie immédiate, et en la vie dernière ils auront un tourment immense… » Un volcan, Nori, un volcan !

XX

Un jour, la cendre brûlante m'a enseveli.

J'étais arrivé à Hermance plus d'une heure avant
mon rendez-vous avec Albert Weissen.

Le ciel était si limpide que j'avais pu distinguer
les branches des arbres qui, sur l'autre rive du lac,
cachaient la maison de Malek Akhban.

Mais, pour la première fois depuis mon arrivée
à Genève, et sans doute à cause de ce temps
radieux, de ce soleil printanier qui m'avait ébloui,
me chassant tôt dans la matinée de mon appartement, je m'étais senti apaisé et, si j'avais eu l'habitude d'employer ce mot qui m'avait toujours paru
incongru, j'aurais dit « heureux ».

Mais la clémence du climat de ce jour-là n'aurait
pas suffi à provoquer mon changement d'humeur.

La veille, au terme d'un après-midi qui déjà s'étirait sous le voile d'un crépuscule flamboyant, j'avais invité à dîner une jeune assistante de l'université qui participait à mon séminaire.

Hélène Hannouschi était une Libanaise aux formes lourdes, qu'elle soulignait d'une manière provocante en portant une jupe courte et serrée, un corsage ajusté. J'avais pu imaginer son corps. J'avais éprouvé pour elle une attirance instinctive, comme si j'avais eu besoin, pour contenir mon angoisse et refouler ma tristesse, de cette abondance charnelle, quasi maternelle.

Elle m'avait laissé glisser ma jambe entre les siennes et j'avais aimé son rire de gorge, trop fort, la manière dont elle avait renversé la tête en arrière comme si, ce faisant, elle avait voulu m'attirer.

L'un et l'autre nous avions feint d'avoir trop bu, si bien que j'avais pu l'entraîner chez moi et elle avait pu se laisser déshabiller, pousser sur le lit comme une femme ivre et joyeuse.

À cet instant, son corps avait été pour moi la seule réalité à exister.

Cassandre aurait pu hurler à mes oreilles que le volcan allait répandre sa lave, je ne l'aurais pas entendue.

Après, allongé aux côtés d'Hélène – son prénom m'avait amusé : encore la guerre de Troie ! –, les mains croisées sous ma nuque, mon désir dissipé, je m'étais peu à peu souvenu du monde environnant. Mais il ne ressemblait en rien à celui que Weissen, rencontre après rencontre, avait dessiné devant moi.

Apaisé, rassuré – comme tout vieux quinquagénaire pour qui chaque femme est un défi qu'il craint de ne pouvoir relever et que, l'épreuve franchie, le plaisir donné et reçu comble de vanité –, je m'étais souvenu des propos de Pierre Nagel et de Karl Zuber avec qui j'avais déjeuné à l'université.

La menace islamique relevait du fantasme ou de la manipulation, avaient-ils déclaré l'un et l'autre. Si Américains et Israéliens voulaient nous entraîner dans une guerre de civilisations contre l'Islam, c'était pour des raisons stratégiques : le contrôle des réserves pétrolières, etc. Je savais tout cela, n'est-ce pas ?

– Quant à maître Albert Weissen…, avait précisé Zuber, puisqu'on me dit que vous le voyez régulièrement – à Hermance, n'est-ce pas ? tout se sait, à Genève ! –, Weissen, donc, ajoute à ces considérations une dimension personnelle, une véritable obsession qui naturellement déforment son analyse. Sa fille vit en Israël, il craint qu'elle ne soit blessée dans un attentat. Sa famille a été exterminée pendant la guerre et il est aux aguets, comme si la persécution avait repris. Il imagine qu'il y a eu, qu'il y a une vieille alliance entre l'islamisme et le nazisme. Il a autrefois prononcé une conférence qui a fait grand bruit, à Genève, sur les divisions Waffen-SS musulmanes et les atrocités commises par elles dans les Balkans. C'est donc, pour lui, la même lutte qui se poursuit. Mais, à l'écouter, on croirait que ce sont les musulmans qui ont construit Auschwitz et fait fonctionner les chambres à gaz ! Tout cela l'obsède, je le comprends et l'excuse, mais ses propos sont dangereux : il crée des tensions entre communautés alors que nous avons besoin d'apaisement, et non d'accusations. Il faut des médiateurs, non des procureurs !

Pierre Nagel avait pour sa part répété que l'on assistait incontestablement à une poussée intégriste, mais que ce n'était là qu'une phase de transition.

– La globalisation va tous nous emporter et finir par nous recouvrir, mon cher Nori.

Avec gourmandise, Nagel avait raconté que la Chine s'était mise à fabriquer des « Barbie » à destination des pays musulmans. Des millions de poupées avaient déjà été vendus. Leur garde-robe comportait naturellement deux voiles, l'un rose pour la prière, l'autre à fleurs pour l'école.

– Voilà le monde tel qu'il est, Nori, et l'important, ce ne sont pas ces deux voiles, mais le fait que toutes les petites filles du monde jouent avec une poupée américaine produite en Chine. Le reste n'est que du folklore. La civilisation mondiale ressemble à notre alimentation. Il n'y a plus de patriotisme gastronomique. On bouffe sans frontières : cuisine chinoise, indienne, italienne, normande, algérienne, thaïlandaise... Voilà le monde, Nori ! Il faut accepter que chacun égorge les moutons comme il l'entend. Tel choisira un steak tartare, tel autre un couscous. L'essentiel est que tout le monde mange à sa faim, et ce qu'il veut. Laissons les imams islamistes contrôler les boucheries et inviter les jeunes filles à porter le voile. Nous nous retrouverons tous bientôt dans un MacDo et un hypermarché !

Comme en passant, j'avais dit que je regrettais de ne pas voir plus souvent ma fille Claire. J'avais l'impression de l'avoir perdue depuis qu'elle était devenue Aïsha, quatrième épouse de Malek Akhban.

Zuber et Nagel s'étaient récriés. Eux-mêmes avaient des fils, des filles qui s'étaient éloignés d'eux, dont ils ignoraient même les activités. Cette rupture entre parents et enfants était l'une des caractéristiques de l'époque. Nagel avait un fils qui vivait à Moscou, Zuber une fille agronome en

Australie, et une autre qui exerçait les fonctions de manager dans un grand hôtel d'Istanbul :

– On s'envoie des e-mails, on se croise une ou deux fois par an. Monde uni et émietté, familles éclatées et recomposées au gré des fantaisies : voilà le réel, Nori !

Qu'avais-je donc à me plaindre ? L'histoire humaine suivait son cours cahotant. Il fallait boucler sa ceinture et rouler, vivre sans prêter l'oreille aux manipulateurs.

Hélène Hannouschi s'était réveillée, étirée, et nous avions bu un café fort, éblouis par le soleil qui se réfléchissait à l'horizon sur les glaciers alpins.

– On se revoit quand tu veux, avait-elle dit en renfilant sa jupe.

Mais elle ne resterait pas longtemps à Genève, avait-elle ajouté. Elle avait quitté le Liban parce qu'elle n'avait plus supporté l'enfermement de chacun dans sa communauté, la guerre à nouveau menaçante, la violence que cette fragmentation sur des bases religieuses engendrait, les attentats. Elle était venue en Europe – et en France, d'abord – pour vivre dans des pays laïcs, de vraies républiques où les mœurs étaient libres, où une femme ne se faisait pas cracher au visage dans certains quartiers quand elle ne portait pas le voile ou que sa jupe était trop courte.

J'avais glissé ma main le long de ses cuisses. Elle avait ri, m'avait repoussé : elle était pressée.

Mais, avait-elle poursuivi en reboutonnant son chemisier, tout était en train de changer en Europe.

– Je vois de plus en plus de femmes voilées. Je croise des regards qui me rappellent ceux qu'on me lançait à Beyrouth. J'ai l'impression de me retrouver au Liban. Alors je vais quitter l'Europe. Je vais aller enseigner aux États-Unis. L'Atlantique est plus difficile à traverser que la Méditerranée. Ça prendra plus de temps. J'aurai vieilli. L'Europe, au contraire, et à commencer par la France, c'est déjà le Liban !

Mais j'avais encore pu serrer son corps contre le mien, j'avais haussé les épaules, murmurant qu'il ne fallait pas craindre le pire. J'avais repris avec assurance les propos de Nagel et de Zuber : la civilisation européenne trouverait un nouvel équilibre conforme à sa tradition.

Baiser une jeune femme rend pour quelques heures optimiste un homme déjà vieux.

Il oublie. Il imagine. Il vaticine.

Sitôt après avoir quitté Hélène Hannouschi, j'avais embarqué sur l'un des navires qui, passant d'une rive à l'autre du lac, desservent les petits ports : Bellerive, Versoix, Hermance, Coppet.

À Versoix j'avais vu monter deux femmes voilées accompagnées de quatre enfants qu'un homme en djellaba blanche surveillait.

Les jeunes femmes riaient tout en bavardant, les enfants couraient le long du bastingage.

Il me fallait accepter ces présences au sein de notre société. Ce n'était pas pour notre civilisation une tragédie ni une menace, mais un enrichissement. J'ai pensé que, plus tard, quand le travail de deuil du passé serait achevé, je pourrais rencontrer Claire et l'appeler Aïsha.

J'avais débarqué à Hermance et, après avoir suivi le chemin des berges, je m'étais installé à la terrasse du restaurant *Le Mestral* qui domine le lac.

J'avais attendu Albert Weissen, m'étonnant de son retard.

Puis il était arrivé, les traits plus émaciés encore qu'à l'accoutumée. Il ne m'avait pas parlé, se contentant de m'effleurer l'épaule du bout des doigts. Il s'était assis en face de moi, tête baissée.

J'avais été effrayé quand j'avais enfin croisé son regard.

J'avais eu l'impression de voir, creusant son visage, deux cratères noirs d'où débordait le désespoir.

XXI

Nous n'avions pas eu besoin des mots.

En voyant le visage flétri d'Albert Weissen, son corps voûté, en entendant sa respiration haletante, j'ai su qu'il avait été blessé au plus intime, au plus vulnérable de son être.

J'ai eu l'impression qu'il me suppliait de ne pas le questionner, de ne pas prononcer le nom de sa fille alors que j'étais sûr qu'elle était à l'origine de sa souffrance.

Immédiatement, j'ai pensé à Claire, et, pour étouffer l'angoisse qui m'envahissait, j'ai commencé à parler d'Hélène Hannouschi.

Ce n'est pourtant pas le souvenir de la vitalité épanouie de son corps qui s'est alors imposé à moi, mais les propos qu'elle avait tenus pour m'annoncer comme une évidence que l'Europe était déjà libanisée, fissurée en communautés antagonistes. Les affrontements religieux et ethniques, pensait-elle, avaient déjà débuté et iraient en s'approfondissant, parce que ces groupes n'étaient pas réunis, en dépit de leurs rivalités, par ce ciment patriotique qui, aux États-Unis, rassemblait tous les citoyens. Les Américains s'ignoraient ou se haïssaient les uns les autres et vivaient repliés sur leurs identités rivales, mais ils posaient la main droite sur leur cœur et entonnaient l'hymne national en voyant se hisser le drapeau des États-Unis.

Qu'étaient devenus les patriotismes français ou allemands ? Quant à l'européen, il n'avait jamais existé.

J'ai ainsi parlé longuement pour ensevelir les autres mots, mais, peut-être parce que l'inquiétude en moi était trop forte, j'ai ajouté que notre civilisation européenne, la France et ses voisins nés sur les décombres de l'Empire romain, qui avaient mis des siècles pour s'organiser en nations, qui s'étaient entre-déchirés, allaient sans doute devenir quelque chose comme l'équivalent des Balkans, du Liban.

— Ce sera notre mort, ai-je murmuré, ne réussissant pas à retenir ce mot.

J'ai vu le visage de Weissen se déformer, une grimace tordant sa bouche, et ses yeux tout à coup s'emplir de larmes.

Il m'a fait penser à un enfant terrorisé qui ne comprend pas pourquoi on l'a abandonné.

J'ai tenté de reprendre ce mot, d'effacer cette mort.

J'ai dit qu'un cycle historique s'achevait, qu'il avait été non pas seulement un grand moment de civilisation, mais peut-être aussi la plus barbare des séquences de l'histoire européenne avec les deux guerres mondiales, la Shoah, et, mêlées à tout cela, l'oppression exercée par l'Europe sur le reste du monde, les guerres coloniales.

Peut-être, forts de ce que nous avions vécu, réussirions-nous à maîtriser cette nouvelle phase où, comme par un effet de boomerang, les peuples que nous avions soumis et exploités venaient à nous ?

Il était de notre devoir, de notre intérêt de les accueillir si nous ne voulions pas être submergés ou entraînés dans cette guerre de civilisations qui signerait notre mort.

Ce mot, une deuxième fois...

— C'était une jeune fille venue de Cisjordanie, a tout à coup murmuré Weissen. La télévision a diffusé l'enregistrement de son testament. Elle était belle. Elle expliquait pourquoi elle avait choisi de répandre la mort en elle, autour d'elle.

Il s'est tu.

– Elle avait placé la bombe dans un couffin, sous des fruits. Elle avait pris l'autobus. C'était une toute jeune fille. On ne l'avait pas fouillée avec soin. La bombe était pleine de clous et de morceaux de fonte.

J'ai voulu étreindre entre les miennes les mains de Weissen, mais il les a retirées avant que j'aie pu les saisir, comme s'il avait voulu faire face seul à sa douleur sans qu'on pût le retenir au bord du cratère.

– On a découvert chez elle, dans la petite maison où ils vivaient les uns sur les autres, ses sept frères et sœurs… La maison a été rasée en guise de représailles. Combien cela va-t-il faire naître de kamikazes ?

Weissen s'est interrompu, puis, paraissant oublier le début de sa phrase, il a évoqué ce qu'il appelait le « mécanisme diabolique ». L'attentat suscitait une répression légitime qui, à son tour, provoquait un désir de vengeance, et, dans chaque camp, les fanatiques l'emportaient, se renforçaient l'un l'autre, n'en finissant pas de gesticuler devant le miroir où apparaissait un ennemi qui était aussi leur semblable.

– Chez elle, a-t-il enfin repris, on a découvert les textes de plusieurs prêches de prédicateurs des mosquées de Médine, de La Mecque, de Gaza, ceux que cite souvent dans ses enregistrements en langue arabe Malek Akhban…

Comme à son habitude, Weissen a fouillé dans ses poches pour en sortir de petites fiches, des carrés de papier griffonnés, un carnet à couverture verte qu'il a commencé à feuilleter et à lire difficilement, comme si le souffle, au bout de quelques mots, lui avait manqué.

Il m'a tendu ce carnet, ces fiches, m'invitant à les conserver. Lui, a-t-il lâché, connaissait trop bien ces textes et n'en avait plus l'usage !

J'ai ces notes devant moi et je retrouve, en les relisant, la voix saccadée de Weissen :

« Deux groupes, les juifs et les chrétiens, dit le prédicateur de la mosquée de la Kaaba, à Médine, composent le camp de Koufer, celui de l'impiété... Le conflit entre nous, musulmans, et eux, juifs et chrétiens, durera, avec ses flux et ses reflux, tantôt à notre avantage, tantôt à leur avantage... Le Coran présente les juifs comme des maudits d'Allah, comme ceux qui ont provoqué Sa colère et qu'Il a, pour certains, transformés en singes et en porcs... »

Un prédicateur de La Mecque avait déclaré :

« Il ne peut y avoir ni accord ni point de rencontre entre le peuple de l'islam, d'un côté, juifs et chrétiens, le peuple du Livre, de l'autre... Comment accepter le discours du pape catholique sur la nécessité de trouver des points de rencontre entre l'islam et le christianisme ?... Est-il concevable de s'accorder et de s'entendre avec ceux qui forgent de terribles mensonges sur Allah, prétendant que Jésus – la paix soit avec lui – est Son fils ? »

Nous sommes restés longuement silencieux et j'ai évité autant que je l'ai pu de regarder Weissen.

Je me suis tourné vers le lac, fixant l'autre rive, les coteaux boisés qui dominent Versoix, cherchant des yeux à retrouver le mur entourant le parc de la demeure de Malek Akhban.

Mais c'était comme si j'avais vu le lieu où ma propre fille, Claire, était vouée à la mort, victime et criminelle, tout comme la jeune kamikaze de Cisjordanie.

Albert Weissen m'a encore lu un prêche prononcé dans une mosquée de Gaza :

« N'ayez aucunement pitié des juifs, avait martelé le cheikh devant les caméras de la télévision palestinienne, quels qu'ils soient et en quelque pays qu'ils se trouvent. Combattez-les où que vous vous trouviez ! Où que vous les rencontriez, tuez-les ! Où que vous soyez, tuez ces juifs et ces Américains... ! Ils sont tous dans la même tranchée, contre les Arabes et les musulmans, parce qu'ils ont installé Israël ici, en plein cœur du monde arabe, en Palestine. Ils l'ont créé pour qu'il soit l'avant-poste de leur civilisation, en première ligne de leur armée, pour qu'il soit l'épée de l'Occident et des croisés, menaçant la gorge des musulmans de ces terres. Ils ont voulu faire des juifs leur fer de lance... Allah, occupe-toi des juifs, tes ennemis et les ennemis de l'Islam ! Occupe-toi des croisés, de l'Amérique, de l'Europe qui se trouvent derrière eux, ô Seigneur des mondes... »

Pour me rassurer, j'ai remarqué qu'il ne s'agissait là que des prêches d'imams et de cheikhs islamistes, que d'autres tenaient des discours différents, participaient à des assemblées et à des prières œcuméniques, et qu'il existait d'ailleurs aussi des catholiques, des évangélistes intégristes. Aux États-Unis, certains soutiens du président Bush se déclaraient partisans du retour de tous les juifs en Terre sainte. S'ils le souhaitaient, c'était parce que, selon eux, il fallait que le peuple juif soit rassemblé sur sa terre pour que, comme l'annonçait le dernier livre du Nouveau Testament, soit livrée au grand jour l'ultime bataille entre le Bien et le Mal, à Harmaguédon. Ainsi se produirait l'Apocalypse qui marquerait la fin des Temps.

J'ai plaidé que toutes les religions – et chaque homme – portaient en eux le démon du fanatisme. Et que l'on pouvait dresser une comptabilité sinistre des massacres perpétrés par la folie fanatique sous le masque de telle ou telle croyance, de telle ou telle utopie, fût-elle généreuse.

— Chrétien et voltairien..., a marmonné Weissen.

Après un long silence, il a ajouté :

— Ils n'ont pu identifier son corps qu'en ayant recours à l'ADN. Les clous et les morceaux de fonte l'avaient déchiquetée. Elle était assise dans le bus, derrière le siège où avait pris place la jeune kamikaze.

Weissen s'est levé difficilement en prenant appui des deux mains à la table.

Il est resté un long moment penché vers moi.

— Cette jeune fille si belle, au regard si doux, a achevé ce que les bourreaux d'Auschwitz avaient commencé. J'étais un survivant. Ma fille était notre mémoire et notre avenir.

Il s'est redressé.

— Je suis seul. Qu'est-ce que je fais encore là ? La mémoire s'efface quand plus personne ne survit pour la perpétuer.

J'ai murmuré, plus comme une prière que comme un constat :

— Vous êtes là, Weissen, vous êtes là...

Il a baissé la tête et ne m'a pas répondu.

XXII

Je n'avais pas su écouter le silence d'Albert Weissen.

Je n'avais pas voulu comprendre les quelques mots qu'il avait prononcés en me remettant son carnet à couverture verte et ses fiches.

Il m'avait dit qu'il « n'en avait plus l'usage ».

Je ne me suis souvenu de ce commentaire, dit d'une voix lasse et étouffée, qu'en recevant de Weissen, au lendemain de notre rencontre à Hermance – du jour où j'avais appris la mort dans un attentat, à Jérusalem, de sa fille Esther –, une courte lettre accompagnant un prêche prononcé à la mosquée Al-Haram de La Mecque, par le cheikh Abd El-Rahman Al-Sudayis.

« Un oubli, Nori. Ajoutez ce texte au corpus que je vous ai remis. Il fait désormais partie du vôtre. N'oubliez pas qu'il émane d'un cheikh qui s'exprime en Arabie Saoudite, pays allié (!). Ayez en mémoire, en le lisant, les articles de Julius Streicher publiés dans *Der Stürmer*. Ce journal antisémite des nazis vous paraîtra presque… anodin ! Et vous savez ce qu'ont été les conséquences de ces écrits. Imaginez ce que seront celles des prêches islamiques ! L'Histoire, quand elle se répète, n'est pas nécessairement une farce, comme le croyait Marx, cet optimiste ! »

J'ai eu du mal à déchiffrer l'écriture embrouillée de Weissen. Les caractères en étaient à peine formés. Dans un mot, il arrivait qu'on ne pût reconnaître que deux ou trois lettres, et il fallait deviner le sens des sinuosités allant de l'une à l'autre.

« Frères dans la foi, commençait le cheikh, que disent notre Coran et notre tradition, la sunna ? (…) Lisez l'Histoire, et vous comprendrez que les juifs d'hier sont les ancêtres malfaisants des juifs d'aujourd'hui, plus mauvais encore : infidèles, falsificateurs de mots, adorateurs du veau, meurtriers de prophètes (…), rebut de l'humanité. Ils sont maudits par Allah qui les a transformés en singes et en porcs (…). Il s'agit de juifs – la lignée de la duperie, de l'obstination, de la licence du Mal, de la corruption.

« Ô nation de l'Islam, nous nous trouvons en plein conflit avec nos ennemis d'hier, d'aujourd'hui et de demain ; la descendance des trois tribus juives de Médine sur lesquelles reposera la malédiction d'Allah jusqu'au jour du Jugement. Les fils de notre peuple connaissent-ils la vérité sur la nation du courroux et de la duperie ?

« L'insulte faite aux Arabes, aux musulmans et à leurs lieux saints, et le mépris dont ils sont l'objet, atteignent leur summum chez les rats de ce monde qui enfreignent les accords et dont les esprits s'accrochent à la traîtrise, à la destruction et à la tromperie, et dans le sang desquels coulent l'occupation et la tyrannie (…). Ils méritent en effet la malédiction d'Allah, des anges et de tous… »

Weissen avait fait suivre ce texte de quelques lignes qui m'ont semblé de prime abord indéchiffrables. Peu à peu, cependant, je suis parvenu à les décrypter.

« Question : l'antisémitisme d'un fanatique religieux qui légitime sa haine par sa foi est-il plus ou moins dangereux ou du même type que celui né du fanatisme politique, de la frustration nationale et sociale prenant leur source dans l'antisémitisme catholique ?

« Le catholicisme, néanmoins, a fait lentement mais de plus en plus nettement son examen de conscience. Il reconnaît qu'il est issu du judaïsme…

« Vous êtes catholique, Nori – du moins m'a-t-il semblé – et je suis donc votre frère aîné ! Votre Christ était juif ! Entre nous, c'est une vieille querelle de famille. C'est cette famille-là que les imams haïssent. Vous et moi, nous sommes des *koufer*, des infidèles ! »

Ce n'est que le lendemain matin que j'ai découvert une dernière ligne que Weissen avait écrite au verso :

« Veillez sur votre fille, Nori. Ne l'abandonnez pas ! Protégez-la ! Empêchez-la de connaître le sort de mon Esther ou de la malheureuse qui s'est tuée en la tuant.

« Votre frère qui a survécu trop longtemps. »

J'ai en vain tenté de joindre Albert Weissen.

Il n'a répondu ni au téléphone ni à mes courriels.

J'ai décidé de me rendre chez lui à l'issue de mon cours.

À la sortie de l'amphithéâtre, un inconnu m'a abordé et m'a annoncé qu'on avait retrouvé le corps de Mᵉ Albert Weissen, sans vie, dans son bureau.

L'avocat avait laissé plusieurs lettres dont l'une m'était destinée. Je ne l'ai lue que plus tard, après avoir marché près de trois longues heures au bord du lac, jusqu'à Hermance.

Il n'y avait que quelques mots tracés au centre d'une page d'une écriture ferme, chaque lettre parfaitement calligraphiée :

« Nori, cher Nori, ne mourez qu'après avoir combattu !

Albert Weissen. »

XXIII

Je n'avais pas imaginé que la mort d'Albert Weissen et celle de sa fille me laisseraient démâté, oscillant entre l'abattement et la révolte, le désir de fuir et celui de me battre.

Mais, durant plusieurs jours, j'ai été étouffé par un sentiment d'impuissance et de dégoût.

Je l'ai éprouvé une première fois quand, au lendemain de l'annonce du décès de Weissen, j'ai rencontré Karl Zuber. D'une voix éplorée il m'a confié que tout Genève s'attendait à cette mort, Weissen n'ayant jamais caché qu'il était atteint d'un cancer en phase terminale et qu'il était décidé à mettre fin à ses jours. Il avait d'ailleurs pris contact avec plusieurs médecins qui pratiquaient l'euthanasie dans le respect de la libre volonté du malade.

Lorsque j'ai évoqué l'attentat de Jérusalem, la mort d'Esther Weissen, fille unique d'Albert

Weissen, dernière survivante d'une lignée abattue à grands coups de hache par les nazis, Zuber a secoué la tête avec commisération.

Albert Weissen ne parlait jamais de sa fille. Il avait rompu avec elle pour une sordide histoire de succession liée à l'héritage de sa mère. Il avait agi comme un rapace, prêt à dévorer sa fille dans le nid même. Esther avait engagé plusieurs procédures contre son père. En un sens, pour parler cyniquement, la mort de l'une avait mis fin aux actions engagées contre l'autre. Mais le cancer, lui, malgré le recours à toutes les thérapeutiques imaginables – et Dieu sait si elles étaient prescrites, en Suisse –, ne s'était pas laissé tuer. Weissen avait consacré sa fortune à se soigner, en vain. À la fin, il avait organisé sa sortie en grand seigneur, mais aussi en habile metteur en scène profitant de l'attentat pour apparaître comme une victime.

– Mais, à Genève, croyez-moi, personne n'a été dupe du dernier coup de théâtre de Weissen !

Je me suis éloigné pour ne pas serrer la gorge de Karl Zuber, et pour ne pas vomir.

Je savais que Weissen avait lui aussi été frappé par les clous et les morceaux de fonte contenus dans la bombe de la tueuse suicidaire venue de Cisjordanie.

Je savais qu'il était mort assis dans le même autobus que sa fille.

Je savais qu'il s'était senti coupable de ne pas avoir pu ni la protéger ni réduire au silence ceux dont les paroles, les écrits avaient été comme autant d'explosifs que la jeune Palestinienne avait placés dans son couffin, sous les fruits.

J'ai repris le carnet vert.

Le crayon à la main, j'ai lu les traductions des conférences données en arabe par Malek Akhban.

C'était comme si j'apprenais le mode d'emploi d'une bombe, la manière de préparer un poison ou celle de tenir un couteau quand on veut égorger un *koufer*.

« Allah effacera les infidèles, répétait Malek Akhban, citant la troisième sourate du Coran.

« Tous ceux qui prétendent qu'Allah peut accepter l'existence d'une autre religion que l'islam sur cette terre sont des infidèles dont l'impiété ne fait aucun doute...

« La démocratie est une hérésie contre Allah le Tout-Puissant, elle est le fruit pourri, la fille illégitime de la laïcité car celle-ci est une école de pensée hérétique qui aspire à séparer la religion de la vie, à séparer la religion de l'État... Il faut agir conformément à la loi envoyée par Allah. Nous voulons que soit appliquée la loi d'Allah dans le cas de celui qui abandonne sa religion, de celui qui commet un adultère, du voleur, du buveur de vin.

Nous voulons exiger que la femme porte le voile et ait une attitude discrète ; nous voulons l'empêcher de se parer. Nous voulons empêcher l'obscénité, la corruption, l'adultère, la sodomie et autres abominations... »

Je savais que l'application de cette loi, la charia, impliquait décapitation, lapidation, mutilation, coups « portés sur les jambes et non sur le visage des femmes ».

Malek Akhban, se dissimulant derrière tel ou tel cheikh, se mettait à l'abri en commençant ses prêches par les mots : « Selon le cheikh Youssouf al-Qaradawi, du Qatar... ». Et il poursuivait, et on ne savait plus, dans ses paroles, ce qui était du cheikh et ce qui appartenait en propre à Malek Akhban.

« Les signes du salut son indiscutables, nombreux et clairs comme le jour, indiquant que l'avenir appartient à l'islam et que la religion d'Allah vaincra toutes les autres religions... Autrement dit, l'islam reviendra une fois de plus en Europe, en conquérant et en puissance victorieuse, après avoir été expulsé du continent à deux reprises... »

C'est avec ces mots-là que la jeune fille de Cisjordanie s'était tuée et avait tué Esther Weissen avec dix autres passagers du bus.

Et combien qui, comme Albert Weissen, avaient été entraînés dans ce dernier voyage, combien de morts clandestins de par le monde ? Combien de mutilés dont les chairs avaient été traversées par les mêmes clous, les mêmes morceaux de fonte que ceux qui avaient lacéré le corps de leurs enfants, de leurs parents, voyageurs du bus de Jérusalem ?

Comment faire entendre ces vérités alors que nul ne voulait écouter Cassandre ?

Les mensonges de Karl Zuber étaient rassurants. Ils présentaient la mort de Weissen de façon à ne pas troubler l'ordre des choses.

Au contraire : cette mort devenait une pièce du jeu hypocrite qui entretenait les illusions.

J'ai découvert avec horreur que Malek Akhban avait participé aux obsèques de Weissen, pourtant organisées dans l'intimité par ses confrères du barreau de Genève. La presse avait recueilli les propos d'Akhban. Il se déclarait attristé, ému par la disparition de l'avocat, homme de grande culture avec qui il avait eu souvent l'honneur de dialoguer, de s'affronter aussi, mais toujours avec courtoisie.

« Nous ne partagions pas la même foi, mais je respectais en lui l'homme dont la famille avait été massacrée au cours du génocide perpétué en

Europe par les nations européennes. Il savait que la communauté musulmane n'avait pas été impliquée dans ce crime contre l'humanité imputable à la civilisation de l'Occident. Ces mêmes nations coupables, qui ont laissé des millions de femmes, d'enfants, d'hommes mourir – parmi eux, tous les parents de Me Albert Weissen – ont cru ensuite se racheter en volant la terre de la Nation arabe pour la donner aux survivants du crime qu'elles avaient laissé commettre, sinon encouragé.

« Elles ont ainsi répandu le malheur au sein de la communauté des croyants.

« Allah, qui sait ce qui est juste, jugera.

« Albert Weissen faisait honneur à son peuple, et je m'associe au deuil de sa communauté. »

Personne n'avait osé interrompre Malek Akhban, lui signaler ces corps déchiquetés par les clous et les morceaux de fonte.

Je devais le faire.

XXIV

Je me suis mis à hurler.

Je m'étais présenté devant les hautes portes de la World's Bank of Sun, rue de Hesse.

Les vigiles n'ont pas eu le temps de me ceinturer, de m'empêcher de brandir la pancarte sur laquelle j'avais écrit :

J'accuse MALEK AKHBAN !
« Je veux voir ma fille ! »

Les cris d'indignation et d'émotion, d'incompréhension et de désespoir, d'impuissance et de colère qui s'étaient accumulés en moi depuis mon arrivée à Genève ont jailli de ma gorge.

Toutes mes prudences ont été emportées.

J'ai donné des coups de tête, des coups de poing, des coups de pied.

Je me suis enfui jusqu'au bout de la rue, j'ai gesticulé devant les voitures qui circulaient sur le boulevard Georges-Favon.

J'ai vu les deux vigiles qui, au milieu de la rue de Hesse, m'observaient, téléphonaient, et je suis revenu vers eux, tenant à deux mains ce qui restait de ma pancarte et recommençant à crier, suivi à quelques centaines de pas par des curieux.

J'ai été envahi par la certitude que j'allais vaincre, que je vengerais Esther Weissen, que j'étais fidèle à son père qui m'avait écrit : « Ne mourez qu'après avoir combattu. »

Et je me suis remis à crier plus fort, m'échappant quand les vigiles se sont précipités vers moi sans oser trop s'éloigner des portes de la banque, puis revenant à la charge quand ils ont cessé de me poursuivre.

À un moment donné, reprenant mon souffle, j'ai pensé – depuis lors, je me suis souvenu plusieurs fois de cet instant de lucidité – que je me comportais à mon tour comme un fanatique, que j'avais tant de haine en moi, tant de déception, j'étais si sûr de la justesse de ma cause que j'aurais pu m'élancer, me faire exploser contre les portes de la World's Bank of Sun afin de tuer les vigiles, Malek Akhban, ou simplement accomplir un acte qui, d'un coup, effacerait mon angoisse, mes incertitudes, mes frustrations.

En finir avec le désespoir, l'attente, la résignation, en finir par une explosion et devenir soi-même lave en fusion, nuée de cendres !

Puis j'ai vu les vigiles courir à nouveau dans ma direction et j'ai bondi pour les éviter, rejoignant le petit attroupement qui s'était formé au bout de la rue de Hesse.

Les badauds se sont aussitôt écartés comme s'ils avaient craint que je ne les contamine, mais je les ai pris à témoins, montrant les sbires de Malek Akhban qui s'étaient arrêtés à quelques pas.

Je ne peux me souvenir avec précision de ce que j'ai dit au juste à cette petite foule qui avait grossi.

Je sais cependant qu'elle m'a écouté, fascinée, avec une avidité effrayée.

J'ai dû exposer que Malek Akhban avait enlevé ma fille et qu'il m'empêchait de la rencontrer, que je le suspectais de la maltraiter, de la soumettre aux rigueurs de la loi islamique, de la droguer, de vouloir la conduire hors d'Europe, dans l'un de ces pays où l'on mutile et lapide les femmes, et que j'avais le droit, en tant que père, de m'assurer que ma fille était libre de ses mouvements, de ses choix, de ses pensées. Mais Malek Akhban envoyait contre moi ses hommes de main, ses terroristes. Et j'ai tendu le bras pour désigner les deux vigiles qui, à cette vue, se sont éloignés.

J'ai répété tout cela aux policiers qui m'ont inter-pellé, interrogé puis menacé d'expulsion immé-diate hors du territoire helvétique.

J'ai cité le nom du professeur Karl Zuber qui pouvait témoigner de mon identité, du contrat qui me liait à l'université de Genève.

Patelin, paternel, désolé, Karl Zuber a confirmé que j'étais le beau-père de Malek Akhban.

Il ignorait, bien sûr, la nature du différend qui m'opposait à Akhban, mais il voulait bien tenter de servir de médiateur si je m'engageais à ne plus créer de troubles à l'ordre public. Il était Genevois et c'était la réputation de sa ville, de son climat de tolérance qu'il entendait préserver.

J'ai écouté sans répondre ses reproches en hochant la tête.

Il s'est étonné de cet accès de folie qui semblait m'avoir saisi. Mais, en même temps, il a dit comprendre la déception que je pouvais ressentir, comme père et comme chrétien, devant les choix de ma fille.

Il s'est montré amical et protecteur comme on peut l'être avec un convalescent encore affaibli.

– Nori, vous savez bien que ce qui importe au premier chef, c'est la convergence des religions qui se rejoignent en un point lumineux que chaque peuple de croyants, en fonction des circonstances historiques ou même géographiques, appelle d'un nom différent. Mais l'essentiel, c'est bien cette perspective, ce point de rencontre, la transcendance… Votre fille ne vous a pas rejeté ; sans doute par amour pour Malek Akhban, ce prince oriental, elle a changé de langue, mais elle n'en continue pas moins de parler, elle n'est pas aphasique, comme elle le serait devenue si elle avait perdu toute foi, proclamant son athéisme, son nihilisme… Elle est croyante, vous l'êtes, vous continuez donc d'appartenir au même univers, à la même histoire – je dirai plus : à la même civilisation. Vous ne l'avez pas perdue, elle a seulement pris un autre itinéraire. Mais vous allez – c'est l'évidence – vous croiser, vous rejoindre…

Il m'a longuement serré, secoué la main.

Il se faisait fort d'organiser une rencontre avec Claire, de convaincre de sa nécessité Malek Akhban – « ainsi que votre fille, car je suis sûr qu'elle est entièrement libre de ses choix ; Akhban est un homme ouvert ».

Il a ri, puis s'est exclamé :

– Le fanatique, c'est vous, Nori ! Votre passion paternelle vous a complètement aveuglé !

Je l'avais laissé soliloquer.

Après son départ, j'ai rencontré des journalistes et j'ai pu mesurer, à leurs questions, à leurs regards, combien mon comportement excessif les attirait.

Ils se tenaient sur les gradins de l'arène ; ils voulaient des cris, de la souffrance, du sang.

Lâches, décidés à ne jamais se battre eux-mêmes, ils étaient impatients d'assister à une mise à mort.

Peu importait pour eux le vainqueur. Médiocres et veules, ils étaient les voyeurs de notre siècle, n'osant mettre le feu à Rome mais heureux qu'elle brûle et soufflant sur les brasiers pour que l'incendie s'étende. Ces petits Néron se lamenteraient alors, chercheraient des coupables et approuveraient qu'on les crucifie, qu'on brûle leurs corps pour que les flammes éclairent la fête.

J'ai laissé entendre que dans le combat personnel que je livrais, je disposais d'alliés puissants mais qui souhaitaient pour l'instant demeurer en retrait.

J'ai vu les visages des journalistes s'animer. J'ai entendu fuser leurs questions. Je me suis dérobé après les avoir appâtés.

Je savais qu'ils allaient enquêter sur Malek Akhban, suggérer que le gouvernement français me poussait en avant. Ils s'indigneraient si la direction de leurs journaux leur conseillait la prudence.

S'ils ne pouvaient publier leurs articles, ils répandraient la rumeur et Malek Akhban ne pourrait rien contre elle.

Je n'avais plus qu'à attendre.

XXV

C'était ma fille et je n'ai pas reconnu d'emblée sa silhouette.

Elle était l'une de ces quatre femmes voilées aux corps dissimulés sous d'amples tuniques bleues.

Elles allaient et venaient le long de la jetée du port de Versoix, se prenant souvent par la main.

L'après-midi était estivale, la brise parfois gonflait légèrement les plis de leurs tuniques et il m'a alors semblé qu'elles esquissaient un pas de danse.

Je les ai observées du bout du quai, de l'autre côté du port, et j'ai été désemparé et meurtri par l'image joyeuse de ces corps aux formes indistinctes qui se détachaient sur l'immense miroir du lac.

Ce n'était pas ainsi que j'avais imaginé notre rencontre.

J'avais reçu la veille – deux jours seulement après la parution de quelques articles relatant les incidents que j'avais provoqués – un courriel me fixant un rendez-vous avec « Madame l'épouse du président d'honneur de la World's Bank of Sun, cheikh Malek Akhban ».

J'étais arrivé à Versoix longtemps avant l'heure prévue, cherchant les premiers mots que j'allais adresser à Claire, les répétant, me convainquant que je devais, quelle que fût son attitude, la prendre dans mes bras, m'abandonner à l'instinct, à l'intuition, à l'émotion.

Peut-être me suffirait-il de dire à Claire : « J'ai besoin de toi, de te voir. Le Dieu auquel tu crois – et je respecte ta foi – ne peut pas vouloir qu'une fille rejette son père. Allah demande aux enfants de veiller sur leurs parents. »

Mais aussitôt, comme à chaque fois que j'avais imaginé cette scène, j'avais trébuché. Qu'aurais-je répondu si Claire m'avait répondu : « Allah suppose que les parents ont été les protecteurs de leurs enfants, et alors c'est justice que ceux-ci se préoccupent d'eux. Mais toi, qu'as-tu fait pour moi ? »

Je m'étais tourmenté près de deux heures durant, quittant le café où je m'étais installé, arpentant le quai, les yeux rivés vers cette jetée où je devais rencontrer Claire, décidé à simplement lui dire : « Je veux m'assurer que tu es heureuse. Je veux que tu me le jures. Ainsi je connaîtrai la paix. »

Puis j'avais renoncé à cette phrase grandi-loquente. Et je m'étais résolu à lui avouer que j'avais besoin de la voir, que je la suppliais de me pardonner pour le mal que, par inconscience et égoïsme, j'avais pu lui faire.

Nous aurions marché l'un vers l'autre, j'aurais tendu mes mains vers elle, elle aurait hésité, enfin elle les aurait saisies et nous nous serions embrassés.

Rêvant à cette scène, j'ai su qu'elle ne se produi-rait pas. Ma vie ressemblait à un film noir.

Mais j'ai été stupéfait quand j'ai vu se garer sur le quai, près de la jetée, deux limousines. Chauffeurs et gardes du corps se sont précipités pour ouvrir les portières cependant que les deux femmes descendues de chacune des voitures se sont retrouvées en riant et dirigées vers la jetée, suivies par les deux gardes du corps, les chauffeurs s'appuyant nonchalamment à la carrosserie de leurs véhicules, bras croisés.

J'ai eu envie de fuir, désespéré et humilié de ne pas reconnaître parmi ces femmes – les épouses de Malek Akhban, ai-je conclu aussitôt – Claire, ma fille, l'unique, réduite à n'être qu'une parmi les autres, ayant renoncé à toute identité propre, à la mémoire de ses origines, pour n'exister que par le désir, le bon vouloir de son mari et maître.

C'était là ce qu'avait voulu me montrer Malek Akhban en organisant cette rencontre avec ma fille à la fois présente et disparue, n'existant plus que dans et par la communauté de son harem.

J'ai hésité, puis, me tournant, prêt à quitter le port, j'ai regardé vers l'autre rive du lac, et, malgré la brume, j'ai distingué l'église Saint-Georges, le donjon de Hermance et, derrière les haies, la terrasse du *Mestral.*

Les derniers mots que m'avait adressés Albert Weissen me sont revenus et j'ai marché en direction de la jetée comme un combattant qui sait qu'il va mourir.

XXVI

J'avais cru que j'allais rencontrer la haine.

Mais, lorsque je suis passé devant les chauffeurs, puis les gardes du corps, ils m'ont salué respectueusement d'une inclinaison de tête.

Et j'ai eu honte de mon aveuglement, de ma complaisance, de mon délire égocentrique, de l'emphase ridicule de mes pensées.

Je n'étais pas un héros, mais un pauvre type, un père qui n'avait pas su donner à sa fille ce dont elle avait besoin pour vivre en paix avec elle-même, accepter ce qu'elle était, la civilisation dont elle était issue.

Je ne lui avais offert que l'incertitude et le doute. Et elle avait dû trouver sa place, sans repères, dans une société en miettes qui ne lui avait proposé que la jouissance, la dérision, la négation.

Elle ne s'était pas contentée de cette vie-là. Elle m'avait rejeté. Elle avait eu besoin d'idéal, d'absolu.

Elle avait fui le vide et les décombres ; elle avait choisi une foi pleine et dense.

À l'errance sans but elle avait préféré ce que j'avais appelé la « régression fanatique ».

J'ai pensé à tout cela en marchant sur la jetée et en voyant s'avancer, un foulard bleu enserrant leur visage, trois femmes souriantes, mutines, dont je n'ai pas retenu les traits tant leurs yeux brillaient de curiosité et d'espièglerie.

Elles sont passées près de moi comme de joyeuses compagnes pouffant et se moquant de cet homme dont les traits avaient dû refléter l'angoisse. Je me suis approché de la femme restée seule – c'était donc Claire – qui regardait le lac.

Je me suis arrêté à quelques pas et elle m'a enfin fait face.

Je l'ai découverte avec son visage d'autrefois, non pas celui de la jeune femme, mais celui de l'adolescente, presque de la jeune fille, si rajeunie que l'émotion m'a submergé.

J'ai craint de sangloter, de me laisser aller à l'un de ces mouvements excessifs, théâtraux, qui parfois m'emportaient.

J'aurais pu tomber à genoux, solliciter son pardon pour les idées folles qui m'avaient habité.

Je l'avais imaginée en victime, maltraitée, humiliée, apeurée et soumise, et elle m'a paru apaisée, purifiée, radieuse, comme si elle avait recouvré l'innocence.

Et je n'ai pu que murmurer :

– Tu sembles heureuse.

Elle m'a dévisagé, son regard m'obligeant à baisser les yeux, tant je me suis senti dominé, rejeté loin d'elle, dans ce trou noir où toute notre civilisation s'engloutissait, incapable de vouloir, ayant renoncé à sa foi, à la confiance en son avenir, honteuse d'elle-même, c'est-à-dire niant et repoussant dans l'oubli ce qu'elle avait été.

Je me suis souvenu d'une pensée de Bergson que j'ai reconstituée peu à peu dans ce moment de silence qui s'est installé entre Claire et moi :

« Plus grande est la portion du passé qui tient dans son présent, avait écrit le philosophe, plus lourde est la masse qu'un peuple pousse dans l'avenir pour presser les événements qui se préparent : son action, semblable à une flèche, se décoche avec d'autant plus de force en avant que sa représentation était plus tendue vers l'arrière. »

– Tu es heureuse, ai-je réussi à répéter.

Elle est restée immobile et sereine. J'aurais préféré l'expression de son mépris ou de sa haine plutôt que cette indifférence teintée de commisération, d'ironie et de suffisance mêlées.

Je n'ai pu prononcer d'autres mots ni faire un geste vers elle, lui tendre les mains, lui ouvrir les bras.

Je n'ai pas osé bouger. Elle était ma petite fille et elle était autre. Nous ne partagions plus aucun souvenir.

Elle était devenue Aïsha.

J'ai su qu'elle était désormais capable de tous les actes extrêmes. Elle aurait pu s'asseoir dans le bus où se trouvait Esther Weissen.

Et si j'avais été parmi les voyageurs, elle ne m'aurait pas même reconnu. Sa main déclenchant l'explosion n'aurait pas tremblé.

J'ai compris à cet instant combien la question que j'avais une nouvelle fois murmurée – lui demandant si elle était heureuse – avait dû lui paraître mesquine, reflétant cet égoïsme médiocre dans lequel nous avions confiné nos vies.

Notre civilisation n'était plus que l'entassement chaotique de ces ambitions individuelles, chacune repliée sur elle-même, se défiant de toutes les autres. Et nous mourrions de notre solitude, de nos désirs sans cesse renouvelés, car il fallait que nous fussions insatiables – telle était la loi de ce monde de la jouissance – et nous étions donc condamnés à être insatisfaits, inassouvis, nous en devenions haineux, recroquevillés sur ce que nous possédions, incapables de donner.

Peut-être était-ce là l'envers inéluctable de notre lucidité ?

L'Histoire n'existait plus, il n'y avait plus que nos histoires.

Nous étions incapables de continuer à vivre dans le légendaire. Nous ne voulions plus que survivre, nous persuadant que l'Histoire n'était rien d'autre qu'une sombre et illusoire parodie : « *Told by an idiot, full of sound and fury, signifying nothing.* »

Mais nous n'étions que des Hamlet de super-marché et nous ne répétions « *To be or not to be* » que parce que nous hésitions à choisir entre tel ou tel produit, tout en sachant qu'ils étaient l'un et l'autre composés des mêmes ingrédients, et que seule différait la couleur de leurs emballages.

Qu'avais-je eu d'autre à offrir à ma fille que cette promenade hebdomadaire entre les étalages de nos marchandises ?

Elle aurait pu – certains enfants de mes amis l'avaient fait – s'enfuir dans les jouissances extrêmes qui conduisent de la négation du monde à la destruction de soi.

Et, après tout, peut-être avait-elle parcouru ces chemins lorsqu'elle avait vécu seule en Angleterre ? Qu'avais-je su de ses nuits ? Alcool, drogue, débauche ? C'était le lent suicide ordinaire de tant de jeunes gens qu'elle l'avait peut-être pratiqué, n'y échappant que par la plénitude de la foi en un Dieu exigeant qui condamnait nos errements, nous rejetait comme infidèles.

Malek Akhban l'avait peut-être sauvée, lui insufflant la paix qu'apportent l'aveuglement, le fanatisme.

Elle était vivante, mais ce n'était plus ma Claire.

Elle m'a vouvoyé :

– Vous m'avez vue, a-t-elle dit. J'ai trouvé mon chemin. Dieu m'a guidée vers mon époux, des compagnes. Je suis entrée – Allah en soit loué – dans la meilleure des communautés. Laissez-nous vivre ce que nous sommes !

Comme on dit une prière, j'ai répété le nom de celle qui avait été ma fille : « Claire, Claire, Claire… »

J'ai vu son visage se durcir.

Elle a fait un pas en avant et j'aurais souhaité qu'elle m'insultât, qu'elle me couvrît de reproches, qu'elle me bousculât, que sa colère, sa haine s'agrippassent à moi, qu'elles nous unissent en nous opposant !

Mais elle est redevenue impassible.

Elle m'a salué en inclinant un peu la tête, puis a ajouté d'une voix calme, en détachant chaque mot :

– Rien, ni dans les Cieux, ni sur la Terre, ne peut réduire Dieu à l'impuissance. Il est en vérité Celui qui sait, et Il est puissant.

ÉPILOGUE

On a identifié la jeune femme qui a fait exploser la bombe qu'elle portait sur elle à la sortie de la mosquée, dans le quartier chiite de Bagdad. Elle se nomme Aïsha Akhban.

L'attentat – l'un des plus meurtriers de ces dernières semaines – a fait trente-trois morts et plus d'une dizaine de blessés.

Voilée de noir, la jeune femme attendait devant la mosquée, parmi les autres femmes, la sortie des fidèles.

Cet attentat revêt une signification particulière, compte tenu de la personnalité de la terroriste.

Il ne fait plus aucun doute qu'il s'agit de l'une des épouses de Malek Akhban, personnalité influente de la communauté musulmane d'Europe.

Intellectuel brillant, orateur efficace, président honoraire de la World's Bank of Sun – fondée par son père Nasir Akhban, par ailleurs créateur de la *Futuwwa*, une confrérie née d'une scission intervenue au sein des Frères musulmans –, Malek Akhban est souvent présenté comme l'un des partisans de la création d'un Islam d'Europe. Il est soutenu par des associations proches de la gauche et par de nombreux universitaires – les professeurs Pierre Nagel et Karl Zuber, notamment – et par les milieux catholiques.

On dit Malek Akhban ouvert au dialogue et modéré. Mais certains l'accusent de duplicité, masquant sous des discours et des déclarations émolientes un radicalisme, un intégrisme proches de ceux professés par les cheikhs d'Al-Qaïda.

La terroriste Aïsha Akhban était la quatrième épouse de Malek Akhban.

Dans la cassette qu'elle a enregistrée avant sa mort et qu'ont diffusée les télévisions arabes, si elle ne cite jamais Malek Akhban, elle condamne les « hérétiques », les modérés, les qualifiant de « serpents à l'affût, de scorpions rusés et fourbes, d'ennemis aux aguets, de poisons mortels ».

Elle a expliqué que le combat des « vrais musulmans », mené « au nom de Dieu le

Clément, le Miséricordieux », se déroule « sur deux champs de bataille : l'un, à ciel ouvert, contre un ennemi furieux et une impiété déclarée ; l'autre, plus dur et acharné, contre un ennemi rusé qui revêt l'habit de l'ami, fait semblant d'être d'accord, appelle à l'union, mais cache le Mal, cherche à circonvenir ».

Aïsha Akhban visait ainsi les chiites d'Irak, mais, selon certains analystes, elle attaquait aussi les modérés de l'Islam européen, donc, sans doute, son époux Malek Akhban.

Les services de renseignement voués à la lutte antiterroriste avaient signalé, il y a quelques mois déjà, la rupture entre Aïsha Akhban et son époux.

Tels sont les derniers actes d'une vie chaotique.

Brillante historienne de l'Islam, Aïsha Akhban était la fille du professeur Julien Nori, mort dans des circonstances suspectes.

Convertie à l'islam, elle avait épousé Malek Akhban et vivait à Versoix, petite ville des bords du lac Léman et proche de Genève.

À plusieurs reprises, semble-t-il, Malek Akhban avait rencontré Julien Nori. Le professeur français, titulaire d'une chaire en Sorbonne, avait commencé à enquêter sur les activités et les réseaux de Malek Akhban. Celui-ci a-t-il jugé qu'il devait répudier son épouse, née Claire Nori, afin de donner un coup d'arrêt à l'enquête du professeur, préserver ainsi ses moyens d'action et éviter le procès que Julien Nori voulait lui intenter ?

Une négociation s'est-elle engagée entre Malek Akhban et Julien Nori ?

Aïsha Akhban a-t-elle été révoltée par ces tractations aux arrière-plans financiers, en même temps qu'elle condamnait le « modérantisme » de son époux ? Ou bien Malek Akhban s'est-il servi de son épouse comme d'un instrument ?

Certains enquêteurs assurent qu'Aïsha Akhban a participé au meurtre de son propre père et que ce parricide a été pour elle comme ur.e initiation au terrorisme, l'épreuve ultime qui allait lui permettre d'entrer en djihad.

Quoi qu'il en soit, la mort de Julien Nori et le départ d'Aïsha Akhban pour la Syrie, puis l'Irak, résolvaient l'un des problèmes les plus difficiles auxquels ait eu à faire face Malek Akhban.

Pour la police française, l'hypothèse d'une participation de Claire Nori – devenue Aïsha Akhban – au meurtre de son père est tout à fait invraisemblable.

Même si l'enquête n'est pas close, tous les éléments réunis permettraient de conclure à une affaire relevant plus de la police des mœurs que de la brigade antiterroriste.

La piste de la mafia russe est retenue. La police recherche une jeune femme russe qui vivait avec Julien Nori mais qui serait restée liée à des réseaux de prostitution. Ceux-ci réclamaient au professeur Nori le versement d'une importante somme d'argent, peut-être trois millions d'euros. La World's Bank of Sun aurait pu prêter cette somme à Julien Nori. Les mobiles du professeur seraient ainsi d'une sordide banalité.

De nombreux observateurs contestent cette orientation de l'enquête, jugeant que les autorités françaises ne veulent à aucun prix évoquer un crime terroriste.

L'objectif principal du gouvernement français est d'apaiser – d'aucuns disent « chloroformer » – l'opinion, de n'évoquer jamais, dans les événements qui secouent la société, l'implication des islamistes.

Malek Akhban reste d'ailleurs, pour les milieux intellectuels et médiatiques français, l'interlocuteur privilégié, un intermédiaire indispensable, parce qu'écouté par les Français musulmans.

À Genève, il a refusé de répondre aux questions concernant la personnalité de la jeune terroriste de Bagdad, ne confirmant ni n'infirmant qu'il s'agissait bien de l'une de ses épouses, Aïsha Akhban, fille du professeur Nori.

Comme il l'avait déjà fait après le meurtre du professeur, il a cependant déclaré qu'il avait beaucoup d'estime pour cet homme de culture qui « incarnait le meilleur de l'esprit européen ».

Comme on le pressait de questions sur les rapports qu'entretenaient Julien Nori et sa fille, sur la ou les rencontres qu'ils avaient pu avoir à Genève et sur l'implication d'Aïsha Akhban dans le meurtre de son père, sur son départ pour la Syrie, puis l'Irak, et la parution annoncée d'un livre de Nori dans lequel lui, Malek Akhban, serait mis en cause, le banquier et prédicateur musulman a simplement déclaré : « Dieu sait, Dieu juge, Dieu m'assiste ! »

TABLE

DU MÊME AUTEUR

ROMANS
Le Cortège des vainqueurs, Robert Laffont, 1972.
Un pas vers la mer, Robert Laffont, 1973.
L'Oiseau des origines, Robert Laffont, 1974.
Que sont les siècles pour la mer, Robert Laffont, 1977.
Une affaire intime, Robert Laffont, 1979.
France, Grasset, 1980 (et Le Livre de Poche).
Un crime très ordinaire, Grasset, 1982 (et Le Livre de Poche).
La Demeure des puissants, Grasset, 1983 (et Le Livre de Poche).
Le Beau Rivage, Grasset, 1985 (et Le Livre de Poche).
Belle Époque, Grasset, 1986 (et Le Livre de Poche).
La Route Napoléon, Robert Laffont, 1987 (et Le Livre de Poche).
Une affaire publique, Robert Laffont, 1989 (et Le Livre de Poche).
Le Regard des femmes, Robert Laffont, 1991 (et Le Livre de Poche).
Un homme de pouvoir, Fayard, 2002 (et Le Livre de Poche).

SUITES ROMANESQUES
La Baie des Anges :
  I. *La Baie des Anges*, Robert Laffont, 1975 (et Pocket).
 II. *Le Palais des Fêtes*, Robert Laffont, 1976 (et Pocket).
III. *La Promenade des Anglais*, Robert Laffont, 1976 (et Pocket).
     (Parue en 1 volume dans la coll. « Bouquins », Robert Laffont,
     1998.)

Les hommes naissent tous le même jour :
  I. *Aurore*, Robert Laffont, 1978.
 II. *Crépuscule*, Robert Laffont, 1979.

La Machinerie humaine :
- *La Fontaine des Innocents*, Fayard, 1992 (et Le Livre de Poche).
- *L'Amour au temps des solitudes*, Fayard, 1992 (et Le Livre de Poche).
- *Les Rois sans visage*, Fayard, 1994 (et Le Livre de Poche).
- *Le Condottiere*, Fayard, 1994 (et Le Livre de Poche).
- *Le Fils de Klara H.*, Fayard, 1995 (et Le Livre de Poche).
- *L'Ambitieuse*, Fayard, 1995 (et Le Livre de Poche).
- *La Part de Dieu*, Fayard, 1996 (et Le Livre de Poche).
- *Le Faiseur d'or*, Fayard, 1996 (et Le Livre de Poche).
- *La Femme derrière le miroir*, Fayard, 1997 (et Le Livre de Poche).
- *Le Jardin des Oliviers*, Fayard, 1999 (et Le Livre de Poche).

Bleu, blanc, rouge :
   I. *Marielle*, Éditions XO, 2000 (et Pocket).
  II. *Mathilde*, Éditions XO, 2000 (et Pocket).
 III. *Sarah*, Éditions XO, 2000 (et Pocket).

Les Patriotes :
   I. *L'Ombre et la Nuit*, Fayard, 2000 (et Le Livre de Poche).
  II. *La flamme ne s'éteindra pas*, Fayard, 2001 (et Le Livre de Poche).
 III. *Le Prix du sang*, Fayard, 2001 (et Le Livre de Poche).
  IV. *Dans l'honneur et par la victoire*, Fayard, 2001 (et Le Livre de Poche).

Les Chrétiens :
   I. *Le Manteau du soldat*, Fayard, 2002 (et Le Livre de Poche).
  II. *Le Baptême du roi*, Fayard, 2002 (et Le Livre de Poche).
 III. *La Croisade du moine*, Fayard, 2002 (et Le Livre de Poche).

Morts pour la France :
   I. *Le Chaudron des sorcières*, Fayard, 2003 (et J'ai Lu).
  II. *Le Feu de l'enfer*, Fayard, 2003 (et J'ai Lu).
 III. *La Marche noire*, Fayard, 2003 (et J'ai Lu).

L'Empire :
   I. *L'Envoûtement*, Fayard, 2004 (et J'ai Lu).
  II. *La Possession*, Fayard, 2004 (et J'ai Lu).
 III. *Le Désamour*, Fayard, 2004 (et J'ai Lu).
La Croix de l'Occident :
   I. *Par ce signe tu vaincras*, Fayard, 2005.
  II. *Paris vaut bien une messe*, Fayard, 2005.

Les Romains :
I. *Spartacus : La Révolte des esclaves*, Fayard, 2006.
II. *Néron : Le Règne de l'Antéchrist*, Fayard, 2006.
III. *Titus : Le Martyre des Juifs*, Fayard, 2006.
IV. *Marc-Aurèle : Le Martyre des Chrétiens*, Fayard, à paraître.
V. *Constantin le Grand : L'Empire du Christ*, Fayard, à paraître.

POLITIQUE-FICTION
La Grande Peur de 1989, Robert Laffont, 1966.
Guerre des gangs à Golf-City, Robert Laffont, 1991.

HISTOIRE, ESSAIS
L'Italie de Mussolini, Librairie académique Perrin, 1964, 1982 (et Marabout).
L'Affaire d'Éthiopie, Le Centurion, 1967.
Gauchisme, réformisme et révolution, Robert Laffont, 1968.
Histoire de l'Espagne franquiste, Robert Laffont, 1969.
Cinquième Colonne, 1939-1940, Plon, 1970 et 1980, Éditions Complexe, 1984.
Tombeau pour la Commune, Robert Laffont, 1971.
La Nuit des Longs Couteaux, Robert Laffont, 1971 et 2001.
La Mafia, mythe et réalités, Seghers, 1972.
L'Affiche, miroir de l'Histoire, Robert Laffont, 1973, 1989.
Le Pouvoir à vif, Robert Laffont, 1978.
Le XXᵉ Siècle, Librairie académique Perrin, 1979.
La Troisième Alliance, Fayard, 1984.
Les idées décident de tout, Galilée, 1984.
Lettre ouverte à Robespierre sur les nouveaux Muscadins, Albin Michel, 1986.
Que passe la Justice du Roi, Robert Laffont, 1987.
Manifeste pour une fin de siècle obscure, Odile Jacob, 1989.
La gauche est morte, vive la gauche, Odile Jacob, 1990.
L'Europe contre l'Europe, Le Rocher, 1992.
L'Amour de la France expliqué à mon fils, Le Seuil, 1999.
Histoire du monde de la Révolution française à nos jours en 212 épisodes, Fayard, 2001. Mise à jour sous le titre *Clés de l'histoire contemporaine*, Le Livre de Poche, 2005.
Fier d'être français, Fayard, 2006.

BIOGRAPHIES

Maximilien Robespierre, histoire d'une solitude, Librairie académique
    Perrin, 1968 (et Pocket).
Garibaldi, la force d'un destin, Fayard, 1982.
Le Grand Jaurès, Robert Laffont, 1984 et 1994 (et Pocket).
Jules Vallès, Robert Laffont, 1988.
Une femme rebelle. Vie et mort de Rosa Luxemburg, Fayard, 2000.
*Jè. Histoire modeste et héroïque d'un homme qui croyait aux lendemains qui
    chantent,* Stock, 1994 et Mille et Une Nuits, 2004.

Napoléon :
    I. *Le Chant du départ,* Robert Laffont, 1997 (et Pocket).
    II. *Le Soleil d'Austerlitz,* Robert Laffont, 1997 (et Pocket).
    III. *L'Empereur des rois,* Robert Laffont, 1997 (et Pocket).
    IV. *L'Immortel de Sainte-Hélène,* Robert Laffont, 1997 (et Pocket).

De Gaulle :
    I. *L'Appel du destin,* Robert Laffont, 1998 (et Pocket).
    II. *La Solitude du combattant,* Robert Laffont, 1998 (et Pocket).
    III. *Le Premier des Français,* Robert Laffont, 1998 (et Pocket).
    IV. *La Statue du Commandeur,* Robert Laffont, 1998 (et Pocket).

Victor Hugo :
    I. *Je suis une force qui va !,* Éditions XO, 2001 (et Pocket).
    II. *Je serai celui-là !,* Éditions XO, 2001 (et Pocket).

César Imperator, Éditions XO, 2003 (et Pocket).

CONTE

La Bague magique, Casterman, 1981.

EN COLLABORATION

Au nom de tous les miens, de Martin Gray, Robert Laffont, 1971 (et
    Pocket).

Vous pouvez consulter le site Internet de Max Gallo sur
www.maxgallo.com

Cet ouvrage a été composé par
Paris PhotoComposition
75017 Paris

Impression réalisée sur CAMERON par
BRODARD ET TAUPIN
La Flèche

pour le compte des Éditions Fayard
en mai 2006

Imprimé en France
Dépôt légal : mai 2006
N° d'éditeur : 72436 – N° d'impression : 35860
ISBN : 2-213-63006-2
35-33-3246-2/01